Loi n°49-956 du 16 juillet 1949 sur les publications destinées à la jeunesse, modifiée par la loi n°2011-525 du 17 mai 2011.

© **2024, Mychèle DUPUIS**

Édition : BoD · Books on Demand GmbH, In de Tarpen 42, 22848 Norderstedt (Allemagne)

Impression : Libri Plureos GmbH, Friedensallee 273, 22763 Hamburg (Allemagne)

ISBN : 978-2-3225-1652-0

Dépôt légal : Novembre 2024

Mychèle DUPUIS

Fermé par mille baisers

(suite de "De guerre (s) lasse")

Novembre 2024

A ma sœur

« Ton absence en moi, rien ne pourrait la remplir, ni personne. Il me faudrait aménager dans ce vide une tanière où dormir longtemps, traverser comme un ours l'hiver du deuil en plein été. »

Léïla Slimani

« J'écrivais, il lisait par-dessus mon épaule et quand je me retournais pour avoir son avis, je le voyais heureux. »

Amélie Nothomb

Pour écrire ce livre, j'ai pillé sans vergogne les écrits de mes parents et ceux de ma grand-mère.

Une pile de lettres dormait depuis plus d'un demi-siècle dans une boîte à chaussures cachée dans un placard. Je les ai lues, j'ai souri, j'ai pleuré, je me suis questionnée. Avais-je le droit ? Et puis, je les ai vus, tous, vivants, jeunes, beaux et je me suis dit que j'allais leur rendre la parole et que cela allait être un merveilleux voyage. J'ai écrit ce livre avec une petite fille perchée sur mon épaule et cette petite fille avait un père. J'ai espéré que sa trop courte existence se poursuive dans mes mots, et j'ai rêvé que ces mots, soufflés au vent comme les graines de pissenlit de nos vacances, s'en aillent habiter dans la tête de quelques lecteurs bienveillants.

Je suis pleine de gratitude pour ceux qui ont écrit ces lettres et qui ont su dire leur amour les uns pour les autres, leurs menus tracas, toute cette modeste vie qui fut la trame de mon enfance.

Je suis pleine de gratitude envers ma mère qui les a si soigneusement gardées.

1 - Sainte Catherine

Lyon, 25 novembre 1945.

En ce soir de Sainte Catherine, c'est la fête dans l'atelier du couturier Pierre Court. Les petites mains ont confectionné d'extravagants chapeaux verts et jaunes pour coiffer les Catherinettes, ces jeunes « vieilles filles » de 25 ans qui n'ont pas encore trouvé de mari.

On chante et on danse. Les filles penchées aux fenêtres hèlent les jeunes gens qui passent. Maurice hésite un instant puis se décide à monter le grand escalier. Il se trouve tout de suite à l'aise dans les odeurs de tissu neuf, parmi toutes ces jeunes femmes joyeuses. Les chapeaux ! Il avait oublié ces savants assemblages de fleurs et de fruits, de ruban et de mousseline, ces jours où il rapportait à sa mère les plumes du geai et les duvets du pinson et de la mésange. La lumière joue avec les rouleaux de satin et le papier de soie. Les couturières ont poussé les tables contre les murs. Au centre, une piste de danse est ouverte. Des couples se forment et tournent sur la musique du gramophone. Maurice Chevalier chante La Fleur de Paris, « la fleur du retour des beaux jours, la fleur si belle de notre espoir ». Le chanteur unit, dans sa Chanson Populaire, la midinette, le gagne-petit et l'ingénieur pour « écouter chanter le Populo » dans un pays enfin en paix. On se passe les feuillets pour avoir les paroles et pour chanter en chœur. On boit du mousseux et de la limonade.

On veut croire en l'avenir. Maurice le premier. Ses nuits sont encore peuplées de cauchemars. Il se voit seul, abandonné dans une plaine aride, alors qu'un camion s'éloigne, emportant des fantômes d'êtres humains. Il se voit enjamber des corps, tomber au milieu des corps. Il se réveille en sueur, l'odeur des cadavres persiste dans ses narines, insupportable, de longues minutes. Il revoit les colonnes de déportés évacués en hâte des camps de la mort par les Nazis, soucieux d'effacer les ignominieuses preuves. Ceux qui ont réussi à atteindre Sandbostel après la « Longue marche » ne sont pas beaux à voir. C'est aux prisonniers de guerre que revient la tâche de les trier : ceux qui vont mourir demain, ceux qui pourraient guérir du typhus, ceux qui pourraient survivre et qu'il faut installer loin des malades. Les décombres de l'humanité ont défilé pendant des jours devant lui.

Il en crève de cette noire mémoire. Il en crève de ne pas avoir la peau tiède d'une femme à respirer. Ses mains cherchent la rondeur d'un sein, la moiteur d'un sexe. Adèle est partie. Il l'a trouvée, un soir, assise au sol parmi ses robes éparses, blanche et maigre à faire peur. Elle a levé vers lui des yeux de pauvre chienne battue. Il aurait pu lui dire « viens, laisse cette valise, viens... » Il aurait pu la prendre dans ses bras, reconnaître ce corps et l'aimer. Il aurait pu. Mais il a fui, a dévalé les marches et est parti, conscient que son destin basculait. Conscient que la blessure allait rester ouverte pour eux deux. Qui abandonnait qui dans cette histoire pourrie ? Qui était coupable ? Qui avait vraiment voulu ce gâchis ? Pas lui, pas elle, pas Julien qui l'avait aidée à survivre, puisque c'est de lui qu'il s'agit, elle a fini par le lui avouer, mais la guerre, cette fieffée salope. Il a marché longtemps. Quand il est rentré, Adèle n'était plus là. Les clés étaient sur la table de la cuisine. C'était il y a un mois déjà. Il ne sait pas où elle est partie.

Alors, en cette soirée étrange, il veut tenter de revivre et épouser la joie de ces jeunes femmes qui croient en la vie.

Elles, elles en sont sûres, c'en est fini des restrictions, de la terreur des rafles, des alertes en pleine nuit, des séjours à la cave. Finis les raccommodages, les manteaux retournés, les manches de pull rallongés de laine récupérée sur un autre pull. Finies les lignes de crayon pour dessiner la couture de bas qui n'existent pas sur des jambes teintes au brou de noix. Finies les recettes sans sucre, sans œufs, sans beurre, le café sans café, les tickets, les queues dans les magasins, la peur du Boche et du voisin. Pour elles, la vie ne sera désormais qu'une grande fête pour ripailler et s'amuser.

Simone est assise dans un coin de la pièce. Elle observe tout ce charivari, un mince sourire aux lèvres.

Jamais elle n'oserait chanter et rire aux éclats comme sa sœur Gilberte qui se déchaîne là-bas. Simone a les mains sur les genoux et tourne un regard étonné vers celui qui s'approche et s'incline vers elle. Elle pense à une erreur, se retourne presque pour vérifier si cette main tendue et ce sourire s'adressent vraiment à elle. Lucienne Delyle chante les premières notes de « Mon Amant de Saint Jean ». Bientôt, Simone valse aux bras de Maurice. Perchée sur des semelles compensées, elle est trop grande pour lui. Elle maudit ces chaussures achetées à grand peine, les économies d'un an de tickets d'habillement. Lui, il flotte dans son veston d'avant-guerre. Une cravate peine à serrer sa chemise autour de son cou. Mais leurs yeux sont à la même hauteur. Leurs bouches aussi. Pourtant, il ne sera pas question du moindre baiser ce soir-là. Maurice a senti la réserve de cette frêle jeune fille. Il ne doit rien précipiter. D'ailleurs est-il libre ? Il ne peut pas l'entraîner dans une situation malhonnête. Il doit d'abord se séparer officiellement d'Adèle. Adèle... Il chasse son image, le souvenir d'autres danses, d'un autre corps contre lui, d'un souffle, d'une nuque qu'il étreignait.

Ils dansent. Maurice pense au nombre de jours qu'il lui faudra pour retrouver sa liberté. Simone pense que sa sœur l'observe et que les parents vont être au courant de toutes ces danses avec le même homme. Et puis, ils ne pensent plus à rien qu'à leur cœur battant et à la surprise de leur rencontre et à l'espoir qu'elle contient. Ils font connaissance avec leur parfum, chypre pour lui, lavande pour elle, avec le grain de leur peau et la couleur de leurs yeux, la même, ce gris-bleu-vert changeant selon la lumière.

Ils se quittent en se promettant de se revoir.

Dorénavant, Maurice va attendre sa midinette tous les soirs, à la sortie de l'atelier. Il guette sa frêle silhouette et le sourire qui va éclairer son visage lorsqu'elle le verra. Il l'accompagne jusqu'à Bellecour où elle prend son bus pour rejoindre la Place Belleville. Un jour, il ose l'enlacer et poser un baiser sur sa joue. Simone est au paradis...Elle rentre chez ses parents sans pouvoir cacher son bonheur. Simone sourit ! Simone chantonne ! De quoi étonner père, mère et sœurs. On ne la connaît qu'inquiète. On plaisante sa peur des voitures, des microbes, du froid, du soleil, de l'eau, des méchants. On profite de sa générosité, de son sens du devoir et du sacrifice. Elle a eu tout le loisir de l'exercer pendant ces années de guerre où la moindre friandise était comptée. Ses trois cadettes ont pillé sans vergogne sa ration de sucre ou de beurre. Et la voilà qui danse en mettant le couvert. On dirait...mais oui ! Elle met du rose à ses lèvres et du noir à ses yeux. Simone est amoureuse ! Gilberte a tout raconté à Denise qui a tout dit à Monique qui l'a dévoilé à sa mère qui s'est précipitée chez son « directeur de conscience » pour être sûre qu'elle devait en faire part au père. Ce qu'elle a fait ! Dorénavant, on regarde Simone comme le prodige du foyer. On lui laisse la part en trop du gratin et on choisit pour elle le meilleur fruit. Un homme va rentrer dans cette maison de femmes ! Chacune brûle d'impatience de le connaître. Gilberte en a fait une description avantageuse mais l'inquiétude gagne les parents. Cette grande fille est fragile. Elle a été un bébé triste puis une fillette angoissée, toujours soucieuse de bien faire, vite désespérée. Un chagrin d'amour la briserait. Thérésa multiplie les chapelets, entame une neuvaine à la Vierge.

On imagine déjà un mariage, des robes, encore des robes, un repas ... L'insouciance pourrait-elle enfin revenir dans cette maison ? Depuis cinq ans, il a fallu déployer des trésors de débrouillardise. Les filles n'ont pas souffert de la faim. Daniel a couru d'un jardin à l'autre pour faire pousser tous les légumes possible et pour engraisser des portées de lapins. Thérésa a fait la queue pendant des heures pour obtenir un peu de viande, du sucre et de la farine. Simone et Gilberte ont pédalé de Lyon à Cour et Buis pour rapporter du beurre, des œufs et du fromage. Les journées ne semblaient dévolues qu'à la nourriture. Une obsession. En 44, une autre obsession, pire que la faim, a vu le jour. Les alertes se multipliaient, les tiraient du sommeil, rendaient folles d'angoisse les aînées et gâchaient la belle enfance des petites. En pleine nuit, il fallait descendre à la cave, un manteau par-dessus la chemise de nuit, attendre dans l'obscurité la sirène de fin d'alerte qui leur rendrait la liberté pour un temps. En mai, les bombardements américains qui visaient la voie ferrée et le dépôt ferroviaire de la Mouche ont atteint la route de Vienne et l'avenue Berthelot. Terrés dans la cave pendant l'alerte, ils sont tous ressortis vivants. Le quartier flambait et il y avait un cratère de bombe dans le jardin.

Alors, l'insouciance et Simone amoureuse, c'est comme une porte longtemps condamnée qui s'ouvrirait enfin.

— Simone, je crois que tu as quelque chose à nous dire.

— Maman, je ...

— Tu ?

— Je te demande pardon...

Thérésa blêmit. Daniel déglutit. Simone hoquette.

— Pardon ? Tu as fait quelque chose de mal ? Simone parle !

Elle le sentait bien cet orage qui menaçait. Il arrive ! Comment parler quand ces gros bouillons de larmes se bousculent sans répit ? Ça lui sort par les yeux, par le nez. Elle hoquette, minable, coupable, incapable, donnant tout le spectacle qu'elle a horreur de donner, pleurant de plus belle de ne pouvoir l'éviter. Et ça dure, ça s'alimente de sa propre rage d'être si bête, ça enfle...

— Simone !

— Non, rien de mal. Je...je ne crois pas. Il... Il s'appelle Maurice. Il m'accompagne au bus le soir. Il m'a embrassé ...

— Seulement embrassé ?

Le déluge s'arrête, instantanément.

Seulement ? Oh ! le joli mot ! Doux à entendre ! Le crime affreux est absout.

— Oui, seulement. Il est très doux et très poli. Il est... Je crois qu'il m'aime bien !

— Simone, tu dois nous présenter ce garçon.

— Et dès dimanche prochain.

Aussitôt, l'effervescence gagna la maisonnée. Le repas devait être à la hauteur de l'évènement. La maison devait être briquée à fond. Les tenues repassées. Daniel alla chercher une bouteille cachée depuis l'avant-guerre, dans le fond de la cabane du jardin. Au coup de sonnette, toute la famille se plaça en haie d'honneur devant la porte. Daniel ouvrit.

Maurice fit bonne impression, costume croisé, chemise impeccable, boutons de manchettes et cravate bien nouée. Pendant le repas, il sut écouter le bavardage des filles et les souvenirs du père. Il sut raconter son propre père disparu si vite, son enfance en Auvergne, le courage de sa mère, ses années en Allemagne. Simone se taisait, trop heureuse pour parler. Elle observait sa mère qui s'activait autour de la table sans poser de questions mais sans rien perdre de ce qui se disait. Au soir, Thérésa n'eut que ce commentaire : « Ce Maurice a l'air bien convenable mais n'est-il pas un peu vieux pour toi ? Dix ans de différence c'est beaucoup ».

Au soir de cette première rencontre, Maurice ne sait que penser. Il se ronge les sangs. Il a dû cacher l'essentiel. Il a joué un rôle : imposteur, tricheur, malhonnête... Il ne va pas jusqu'au criminel mais passe une nuit blanche à échafauder des stratégies. Il doit absolument clarifier la situation quitte à perdre sa douce Simone. Chaque rendez-vous du soir est un mélange douloureux de bonheur et de remords. Il ne cesse de se dire : « aujourd'hui, je lui parle » et ne cesse de raconter des anecdotes légères et des « vous êtes bien jolie aujourd'hui, Simone ». Il rentre chez lui en battant sa coulpe. Il n'ose pas en parler à sa mère.

Un dimanche, il s'est rendu à Souzy. Les parents d'Adèle n'ont pas ouvert leur porte. Il a rodé un moment dans les rues désertes en ruminant ses questions. Qu'est-il venu chercher ici ? Des excuses ? Un souvenir ? Une adresse ?

Alors qu'il s'apprêtait à quitter le village, une jeune fille s'est arrêtée devant lui. Bien plantée sur ses jambes et redressant sa petite taille, elle l'a examiné sans retenue. Il a cru à une effrontée, s'est détourné. Pas la tête à batifoler, a-t-il pensé, jusqu'à ce qu'elle l'appelle par son nom.

— Maurice ? Vous êtes bien Maurice ?

— ...

— Le mari d'Adèle ? Elle me montrait souvent votre photo.

— Adèle vous montrait ma photo ?

— Oui, quand vous étiez prisonnier en Allemagne. Les parents d'Adèle avaient accepté de nous louer la Maison Piot. J'étais cachée avec ma famille.

— Cachée ? Ah ! Oui, bien sûr...

— Oui, Souzy nous a sauvé la vie... Nous revenons de temps en temps, pour profiter du bon air mais nous avons repris notre vie à Lyon. Le samedi, j'accompagne mon père au marché des Charpennes pour vendre du linge de maison. J'adore ça ! Je vends, je vends ! Je vais aussi à l'école pour apprendre la dactylo et le commerce. Ça m'intéresse ! Plus que la couture qu'apprennent mes sœurs.

Et Adèle ? Où est-elle ? Comment va-t-elle ? Je ne la vois plus. Elle ne vient plus voir ses parents.

Maurice ne sait comment interrompre cette bavarde. De tous ces mots, il n'a retenu que le fait qu'Adèle lui avait montré sa photo.

— Comment vous appelez-vous ?

— Perla ! Et ma sœur c'est Marie. Mon autre sœur Suzanne et mon petit frère Daniel et mon amie Dorette... Elle m'invite chez elle toutes les semaines. Et...

— Perla, parlez-moi d'Adèle.

— Avec Adèle, on chantait les soirs d'été en regardant la route en bas, dans la vallée. Les camions allemands qui passaient. On n'avait même pas peur.

— Encore... racontez encore.

— Elle pleurait en lisant vos lettres.

— Elle pleurait...

— Oui, elle disait qu'elle vous attendait, qu'elle était fatiguée d'attendre, toujours attendre. Moi aussi, j'attendais. J'attendais de retrouver ma maison, mes amies, une vie normale. On attendait tous. C'était ça, la guerre, ici, c'était attendre. Et avoir peur de ne jamais revoir ceux qui partaient : mon père quand il allait vendre sur les marchés, mon ami René. René, il n'est jamais revenu. Julien ...

— Julien ?

— Julien était caché dans les bois avec ses amis pour échapper au travail en Allemagne. Un jour, ils sont tous partis. On ne les a jamais revus. Adèle pleurait. Elle est où Adèle ?

— Je ne sais pas. Je ne la vois plus, moi non plus. Au-revoir Perla. Merci de m'avoir raconté.

Maurice rentre à Lyon, le cœur toujours plus lourd. Il a vécu au loin pendant si longtemps, abruti de travail, épuisé, il ne pouvait s'imaginer la vie des siens et leurs difficultés. Adèle, Julien, perdus pour lui et perdus l'un à l'autre. La rencontre avec cette jeune fille a fait surgir en lui tant de fantômes. Pendant un instant, il a retrouvé l'infime mais si brillante étincelle de son amour pour Adèle et de son amitié pour Julien. Un atome vivant, qu'il sait devoir rester présent en lui quoiqu'il fasse, quoiqu'il vive désormais. Il s'interdit de penser qu'il suffirait d'un rien pour que, de cette infime particule, renaisse leur entente joyeuse.

La nuit est tombée lorsqu'il arrive chez Hélène. Il lui raconte à demi-mot la rencontre qu'il vient de faire et ses doutes.

Hélène est bouleversée. De cela aussi il se sent coupable. Il n'a pas su donner un petit-enfant à sa mère et doit maintenant la priver de cette belle-fille qu'elle avait adoptée comme sa propre fille. Ensemble, elles ont vécu la peur et l'espoir. L'attente du même homme les a liées. Toutes ces pensées qui convergeaient vers lui devaient le ramener à elles. Lui, du fond de l'Allemagne, se sentait plus fort de leur attente commune. Trop longue attente. Trop d'événements impossibles à partager. Il faut tourner la page. Maurice se répète toutes les bonnes raisons qu'il a d'espérer. Il sent la vie qui est là et qui palpite malgré tout. Un germe de vie, une irrépressible envie de vivre en eau claire après la boue.

Simone. Moins ardente, moins joyeuse, moins belle aussi. Mais tellement sincère et innocente. Il n'a pas le droit de la décevoir.

En décembre, il s'en va au Puy. Il a besoin de voir Alphonse et Francine. Alphonse est catégorique : il faut vite divorcer ! Il gratifie Adèle de tous les qualificatifs les plus flatteurs !

— Tu dois tourner la page et vite ! Rien à regretter de cette malpropre. Quand je pense à tout ce que tu as souffert pendant cinq ans en Allemagne. Et pendant ce temps, elle te trompait et avec ton meilleur copain en plus ! Fous-la vite dehors et qu'on n'en parle plus ! Tu es jeune, il faut oublier et refaire ta vie. Et si cette Simone est gentille ne la laisse pas t'échapper. Quand je pense qu'on lui envoyait des fromages et des saucisses à ton Adèle ! Elle devait les manger avec son Jules !

Maurice sourit de cette colère qu'il voudrait sienne. Lui seul sait ce que peuvent faire cinq ans de séparation, de solitude et de privations. Lui seul a ressenti ce besoin viscéral d'être à l'abri dans les bras de quelqu'un. Adèle avait peur, avait faim. Julien était là. Comment leur reprocher d'avoir ouvert leurs bras l'un pour l'autre ? Lui-même, s'il avait pu, s'il avait osé... Le souvenir de cette jeune Allemande dont il croisait le regard tous les matins revient à sa mémoire. Et pourtant quelle blessure ! Il n'a tenu là-bas qu'en pensant à Adèle, à la vie qu'ils allaient reprendre ensemble, et à lui, son ami, son frère. Un morceau de son cœur est détruit. Maurice flotte dans l'incertain, dans l'inconnu des décisions à prendre, des démarches à entreprendre.

Il écrit à « Sa bien chère Simone » sur une carte postale du Puy où l'on voit la Vierge sur son piton de basalte.

Comment allez-vous petite amie ? Ce matin, j'ai fait la grasse matinée. Lever à 10h ! Je suis allé faire un tour avec ma cousine Francine jusqu'à la Vierge. J'espère trouver un petit mot de vous à mon retour. Ne m'en voulez pas si je ne vous écris pas plus longuement mais je ne suis pas en forme. Plutôt le cafard, alors il vaut mieux ne pas vous attrister. Peut-être cela ira mieux demain et je vous écrirai plus longuement. Petite Simone, je vous dis à bientôt, jeudi ou vendredi. Recevez mes meilleurs baisers. Votre petit ami. Maurice.

A son retour, ce vendredi soir, il l'emmène boire un chocolat au Café des Négociants. La neige poudre les trottoirs. La température ne dépasse pas les deux degrés depuis Noël. Simone a beau empiler tous les tricots sous son manteau cintré, elle paraît toujours aussi frêle. Elle grelotte et s'inquiète pour son nez inévitablement rouge. Maurice la guide parmi les tables. Il lui laisse le temps d'avaler une gorgée brûlante et se lance.

—Ma petite amie...

Simone sent que les paroles qui vont venir sont importantes. Depuis bientôt un mois, elle s'endort en imaginant ce moment. Dans les romans qu'elle lit, il y a toujours une scène où l'amoureux déclare sa flamme et demande l'objet de ses vœux en mariage. Elle est prête ! Elle se redresse, ouvre grands ses yeux et sourit.

— Ma petite amie, j'ai beaucoup d'affection pour vous. Mais avant d'aller plus loin dans notre relation, je dois vous dire quelque chose.

— ...

Le sourire de Simone s'éteint. Elle se raidit sur la banquette et cherche du regard un point d'ancrage parmi les tables animées, sous les lustres en cristal, tandis que des idées incontrôlées la traversent : une maladie, un handicap caché, l'absence d'une situation, des dettes...

— Simone, je ne suis pas tout à fait libre. Je me suis marié avant la guerre. Comme vous le savez, je suis resté prisonnier cinq ans en Allemagne. Ma femme ne m'a pas attendu. Elle est partie avec un autre. Je vais divorcer. Ma petite amie...pardonnez-moi, j'aurais dû vous le dire depuis le premier jour.

Divorcer ! Le mot horrible percute le cerveau de Simone. Divorcer ! La chose interdite qui vous vaut l'excommunication, le bannissement et qui interdit tout nouveau mariage à l'église. Le péché mortel ! Un monde à peine bâti s'effondre, là, sous les lumières, dans les vapeurs de chocolat chaud. Son histoire à peine commencée est déjà terminée. Ne pas pleurer, ne pas pleurer...

— Je... pardon...je vais rentrer chez moi. Désolée, je suis désolée. Je ne peux pas. Mes parents...Ma mère...

— Simone, attendez, je vais vous expliquer. Ne partez pas. Est-ce que vous m'aimez un peu ?

— Je...Oui...Je ne sais pas. Il ne faut pas...

Elle s'est levée. Elle trébuche, s'accroche au pied de la table, s'emmêle dans la porte à tambour.

— Je vous raccompagne !

Maurice jette un billet sur la table, la rejoint, lui prend le bras. Elle vacille, serre son manteau contre elle et grelotte. Elle glisse sur la neige, toujours ces maudites chaussures. Il la retient, la serre contre lui.

— Je vous aime, Simone. Je veux refaire ma vie avec vous. Nous allons être heureux. Nous allons nous marier.

Simone est incapable de répondre. Elle avance sans dire un mot, grimpe dans le car comme un automate, un sac de larmes prêt à exploser derrière les yeux. Elle tremble de tout son corps pendant tout le trajet.

Lorsqu'elle retrouve enfin sa chambre, les sanglots débordent, de bruyantes rivières de sanglots qui se déversent en désordre. Monique est là qui assiste à ce déluge sans comprendre. Sa si sérieuse sœur semblait bien réjouie depuis quelques semaines. La voici désespérée. Inaudible.

— Il est divorcé, divorcé, répète- t- elle en boucle.

Elle est pitoyable, glacée, vidée de cette tendresse à peine entrevue dont elle faisait son miel depuis à peine plus d'un mois.

Monique n'a pas encore quinze ans mais elle a déjà des idées bien arrêtées sur le genre de convenances à jeter aux orties.

— Ben, divorcé, c'est pas grave. Il peut se remarier ! Il a des enfants ?

Simone s'arrête de pleurer, fauchée en plein vol. Voilà une question qui ne l'a même pas effleurée ! Son Maurice avec des enfants... Pire ou meilleure nouvelle ? Incapable de réfléchir à cela pour l'instant. Des enfants...

— Non... je ne sais pas...Mais c'est pour le mariage à l'église. Il ne pourra pas. C'est interdit !

— Oh ! La belle affaire ! Vous vous marierez à la mairie et ça ne t'empêchera pas d'avoir une belle robe !

— Mais... Maman ne voudra jamais !

— Jamais la robe ou jamais la mairie ?

— Je...je ne sais pas. Le mariage est un sacrement, tu sais bien.

— Oh ! Moi, tu sais, les sacrements... Mais dis donc, tu as quel âge ma sœur ? Tu as besoin de la permission de Papa Maman pour te marier ?

— Je ne pourrai jamais... Je leur ferai trop de peine...

— Et ta peine à toi ? Et ton Maurice ? Tu l'aimes ? Il t'aime ? Tu ne vas pas vivre pour tes parents toute ta vie ! Merde !

Les rivières de larmes sont asséchées. Simone tente un sourire. Monique la prend dans ses bras.

— Allez, mouche-toi, grande bugne. C'est pas la fin du monde ! Tu vas retourner voir ton Maurice et vous allez vous préparer un joli mariage tous les deux. Tiens, tu m'inviteras quand même ?

Quelques jours s'étirent, remplis de doutes et d'absence. Maurice n'ose plus aller voir Simone. Simone prie pour que Maurice soit là, le soir, à la sortie de l'atelier. Elle trouve le chemin long jusqu'à Bellecour. Elle s'use les yeux à chercher, surgie de nulle part, cette silhouette déjà familière. Elle n'ose pas parler à ses parents de la terrible nouvelle. Elle perd le sommeil. Elle écrit :

Cher Maurice, je vous aime beaucoup. Plus que vous ne pouvez l'imaginer. Je ne vous oublierai jamais même si nous ne devons pas rester ensemble. J'ai peur que vous n'ayez pas autant d'affection que moi, que vous pensiez à votre passé. Je vais vous faire de la peine. Je vous en fais toujours. Pardonnez-moi. Vous devez m'expliquer toutes ces choses que je ne comprends pas.

Votre petite Simone qui vous aime et qui vous attend avec confiance.

Et puis, elle jette la lettre.

Maurice compte les jours, passe ses nuits à rédiger des lettres qu'il froisse au matin. Simone attend une lettre qui ne vient jamais. Elle pleure la nuit et ne met plus de rose à ses lèvres. Elle ressasse de sales paroles entendues ça et là.

La propagande de Vichy a imprimé dans son esprit l'idée que le divorce était « une pratique contre-nature », un « véritable virus social », un « cancer qui ronge la famille et la natalité », voire « une idée absolument juive » ! La «Grande exposition de la Famille française » affichait, en 1943, les cinq fléaux qui menacent les foyers : le divorce flanqué de l'avortement et de l'abandon de famille, les taudis, l'alcoolisme, la tuberculose et la prostitution. Etre en si bonne compagnie demande du courage! Simone voudrait être sûre de l'avoir. Chaque matin, elle se sent guerrière, prête à affronter le « qu'en dira-t-on », prête à s'enfuir avec son amoureux sur un blanc destrier. Au soir, elle s'écroule, pauvre chose docile, tenue à son sort de fille obéissante, tremblante sous le regard de son père, de sa mère et de Dieu en personne. Elle guette le courrier, deux distributions par jour, et toujours rien pour elle. Elle va mourir, c'est sûr...

Un jour enfin, une lettre arrive, adressée à ses parents :

Chère Madame, cher Monsieur,

Vous allez être un peu surpris de cette lettre mais il n'est plus possible de vous le cacher.

Je sais, j'ai tort de vous l'avoir caché si longtemps et, souvent, j'en ai le remord car vous avez été très gentils pour moi mais je ne peux plus. Lorsque j'ai connu Simone, j'étais en instance de divorce. Ce n'est pas un crime, je suppose, et nombre de mes camarades de retour de captivité sont dans mon cas. Pourtant, je n'ai pas osé le dire à Simone car j'avais peur de la perdre et j'avais beaucoup d'affection pour elle et ce, dès les premiers jours. Le temps passait et je retardais toujours le moment de le lui dire car je sentais aussi de mon côté qu'elle aurait beaucoup de peine.

Mon divorce devrait être prononcé au printemps aux torts exclusifs de ma femme.

Ne grondez pas Simone, moi seul suis fautif. Elle mérite toute notre affection. Je connais ses sentiments religieux que je respecte. .

Soyez assurés, chère Madame, cher Monsieur que je ne passerai pas outre votre volonté malgré la peine que j'en aurai si vous ne voulez pas de moi.

Dans l'attente de votre réponse qui, je l'espère de tout cœur, sera favorable, veuillez recevoir, chère Madame, cher Monsieur, l'expression de mes meilleurs sentiments.

Maurice a franchi le pas. Il ne lui reste plus qu'à attendre. Il espérait se sentir léger après avoir avoué ce secret qu'il trainait comme un boulet, mais il est pris de vertige. Quelle sera la réponse ? Il refuse d'entendre la voix grinçante de Jiminy Cricket qui lui souffle que peut-être ça l'arrangerait bien qu'on le rejette. Son élan pour Simone est sincère mais est-il capable d'oublier Adèle ? Est-il capable de guérir sa cicatrice ou continuera-t-il de lécher sa plaie, encore et encore, tel un vieux chien galeux qui croit se soigner et ne fait que creuser sa chair ?

Il écrit à Simone :

Petite amie, je viens d'écrire à vos parents pour leur demander votre main. J'espère qu'ils diront oui. Et vous ? Dîtes-moi vite si vous voulez toujours partager ma vie. Je vous promets d'essayer de tout mon cœur de vous rendre heureuse et je vous supplie de m'aider à oublier le passé. Ces jours sans vous m'ont paru une éternité. Je dois me rendre à Marseille pour signer des paperasses. Je serai rentré dimanche. Voulez-vous que nous nous retrouvions vers 15h devant la pâtisserie Voisin, cours de la Liberté ? Mes meilleurs baisers, chère petite amie. Votre grand ami qui n'attend que vous. Maurice.

Adèle est donc à Marseille. Avec qui ? Julien ? Un autre ? Elle lui a seulement communiqué une adresse où se retrouver.

Dès son arrivée à la gare Saint Charles, il achète une carte postale de Notre Dame de la Garde. Il écrit à Simone :

Petite Amie, mon voyage s'est effectué dans de bonnes conditions mais à l'arrivée, quel déluge ! Où est le soleil de Lyon ? Je suis à la recherche d'une chambre pour cette nuit. Ce n'est pas encourageant. J'arriverai à Lyon à 6h10 dimanche matin. Je vous verrai comme convenu, cours de la Liberté, vers 15h. Petite Simone, passez bien ces deux jours. Quant à moi, j'ai beaucoup à faire cet après-midi mais j'ai déjà hâte de repartir. Mes amitiés à votre famille et à vous Simone, mes meilleurs baisers

Votre grand ami qui pense à vous.

Vite, lancer des liens, renouer avec le vivant, ne pas être seul dans ces rues, sous la pluie. Quelqu'un l'attend quelque part, dans deux jours, Simone qu'il persiste à vouvoyer malgré les baisers. Mais avant, il devra revoir Adèle.

Au matin, la pluie a cessé sur Marseille. Maurice est sur le vieux port. Il reconnaît l'éclat du ciel, le miroitement de l'eau et le clapotis du flot sur les barques. Il reconnait l'odeur de l'iode portée par les bourrasques. Pendant un instant, il est à l'Ayguade, en ces jours d'innocence où tout était encore possible. La vie a aspiré les possibles. La vie est une garce.

Adèle est en retard. Elle est toujours en retard. Elle a changé trois fois de toilette avant de rejoindre Maurice. Elle s'est maquillée pour effacer ses cernes puis démaquillée. Elle a peur de pleurer. Elle pleure d'avoir peur. Elle n'a pas dormi cette nuit. Des images brillantes ont défilé sous ses paupières : un lit d'herbe au bord de la Saône, la carrure de Maurice qui pédale devant elle, en danseuse, pour arriver le premier à la plage, les lumières du Palais d'Hiver, sa robe rouge. Elle s'est souvenue de son ventre tordu par la douleur et des sermons de la bonne sœur de l'Hôtel Dieu. Elle a relu les lettres de Maurice, les mêmes qu'elle relisait pendant les alertes, sur le vieux matelas de la cave. Julien, lui, n'écrit pas, n'a jamais beaucoup écrit. N'écrit plus.

En novembre, il était à Strasbourg. Il a raconté la traversée des Vosges, les combats, les pertes puis la ville dévastée par les bombardements américains mais aussi le drapeau bleu-blanc-rouge qui flottait enfin au sommet de la cathédrale et la liesse des Alsaciens libérés. Il a raconté sa ferveur et sa détermination à continuer plus loin. Adèle relit sa dernière lettre :

Mulhouse 25 janvier 1945

Mon petit amour, ma belle résistante,

Je te jure qu'il ne fait pas bon ici. C'est la Sibérie ! Nous avons eu des températures de moins 20° et une couche de neige de plus d'un mètre de haut. Et, crois moi, ça n'était pas les sports d'hiver. Il y a encore des fridolins retranchés dans les villages. Les grosses maisons alsaciennes leur offrent un bon abri et un point de vue imprenable. Ils nous voient arriver de loin dans cette plaine glacée et coupée de rivières difficiles à franchir. Ils y tiennent à l'Alsace ! On se bat au milieu des terrils, des puits de mine et des usines piégées. Nos blindés sautent les uns après les autres. L'autre jour, nous avons attaqué en pleine tempête de neige et nous avons réussi à libérer cinq villages. Mais ils ont été repris à la nuit.

Mon petit amour, je ne sais pas si nous allons nous revoir un jour. Pardonne-moi tout le mal que je t'ai fait. J'espère que Maurice est rentré et qu'il nous pardonnera lui-aussi. Si je dois mourir ma dernière pensée sera pour toi. Je te serre sur mon cœur. Julien.

Depuis ce jour, il n'a plus donné de nouvelles. Adèle deux fois affamée de tendresse, deux fois abandonnée.

Maurice ne la reconnait pas. Il ne voit que ses yeux trop grands et sa bouche fanée. Ils doivent échanger des signatures, dans un bureau, après lecture du document. Elle est muette, comme en apnée. Lui s'oblige à ne pas la regarder, à surtout ne pas frôler sa main. Voilà, c'est fait. Ils sortent. Elle disparait dans les rues. Il ne cherche pas à la suivre. Il rejoint son hôtel, du plomb fondu dans les jambes. Il écrit :

Petite Simone,

Le temps me dure d'être auprès de vous. Je vous assure que j'ai passé une mauvaise journée. J'en suis écœuré. Je n'aspire qu'à une chose pour le moment : c'est de retrouver Simone avec sa droiture et sa gentillesse. Je vous quitte, petite Mone en vous envoyant mes plus doux baisers affectueux. A bientôt. Mau.

A Lyon, Simone ne pleure plus. Elle relit les dernières lettres de Maurice pour la centième fois. Elle les transporte partout avec elles, dort avec elles.

Ses parents ont reçu la nouvelle du divorce avec plus de calme qu'elle ne l'imaginait.

Son père, ce taiseux, lui a offert des paroles précieuses. Il a dit l'important, c'est l'avenir. Il a dit ton Maurice il en a vu des misères chez les Boches. Il a dit c'était bien la peine que j'aille faire la Der des Der jusqu'aux Dardanelles ! Bon Dieu de guerre ! Il a dit Maurice, il revient de l'enfer et toi, tu n'as pas eu de jeunesse mais si vous mettez tout votre cœur à revivre, vous allez y arriver. Et on s'en fout qu'il soit divorcé.

Il a bien observé Maurice. Il a vu les meurtrissures mais aussi toute l'ardeur qu'il allait mettre à en guérir auprès de sa fille. Il a vu son sérieux et tout le poids des regards qu'il posait sur Simone. Enfin, il a regardé avec résignation sa femme qui se précipitait chez son directeur de conscience pour lui demander conseil. Il y a longtemps qu'il ne s'étonne plus de ses bondieuseries. Il s'est versé un verre de vin.

Thérésa est rentrée avec le sourire. L'Eglise, dans sa grande mansuétude, avait décidé de pardonner aux trop nombreux divorcés de l'après-guerre et acceptait de leur accorder un deuxième sacrement de mariage. Alléluia ! Et, comme toujours, Simone a pleuré.

Mais, le dimanche arrivé, elle s'en est allée le cœur léger au rendez-vous du Cours de la Liberté. Maurice était devant la pâtisserie. Happés par l'odeur du chocolat et des amandes grillées, ils sont entrés.

— Petite Mone, voulez-vous venir chez moi ? C'est à deux pas. Nous ne pouvons pas déguster ces gâteaux sur le pouce.

Simone hésite. Est-ce bien convenable ?

— Il faut que je vous raconte mes démarches à Marseille. Il faut que nous parlions sérieusement. Ne craignez rien, venez, je vous en prie.

Son sourire vaut un oui. Il lui prend le bras et l'entraîne.

Simone ne serait pas étonnée si on lui disait que des ailes ont poussé dans son dos. Elle, si frileuse, ne retient du vent qu'un courant d'air joyeux qui aide sa marche. Elle danserait presque. Elle danse ! Il se dit qu'il devrait danser lui-aussi mais il a l'impression de lutter à contre-sens. La bise mauvaise le gifle et le gêne. Ses pas sont lourds dans ces rues familières où il remonte le cours de sa vie. Chaque vitrine évoque un souvenir d'Adèle, la robe rouge, la bague du premier serment, son foulard de soie choisi pour lui plaire…Aura-t-il assez de forces pour sceller cette histoire ? Combien de temps faut-il pour oublier un corps, une voix, un regard ?

Il s'efface pour laisser Simone grimper les quatre étages devant lui. Il ouvre la porte. Quelle étrange impression de la voir dans ces murs ! Elle est intimidée soudain, n'ose aucune question, se contente d'observer ces lieux qui pourraient bien devenir son foyer. La cuisine est déjà sombre en cette fin d'après-midi de janvier. La fenêtre donne sur une cour couverte d'un ciel vitré et dispense une lumière grise qui peine à éclairer le fond de la pièce. Un corridor étroit mène à l'autre pièce. Ici, la fenêtre est au ras du sol, coincée en soupente. L'alcôve est dans l'obscurité. Un grenier. Un palais. Maurice tourne l'interrupteur d'une lampe à abat-jour et prend Simone dans ses bras.

— Ma chère Simone, je suis si heureux de vous voir ici. Installez-vous, je vais faire du café.

Il y eut du café, des gâteaux, des paroles, des baisers, des caresses. Il y eut des projets mais aussi des mots d'hésitation difficiles à entendre pour celle qui ne doutait pas.

Au soir de ce jour, Maurice a écrit cette lettre où le « tu » a remplacé le « vous » :

Petite Mone, je suis compliqué comme tu le dis parfois. Désaxé : la vie, cinq ans de captivité... Je ne cherche pas d'excuses, Simone, mais beaucoup de compréhension de ta part. Je sais que, parfois, cela t'est dur et pourtant, tant de fois je pense à toi. Je ne mérite pas ton bonheur, ni ton Amour. Je suis ainsi fait que je désire ce que je ne peux avoir parce que c'est trop loin et, quand tout est près de moi, je ne sais plus.

Surtout ne sois pas triste. Ne pense plus à notre entrevue. Je te verrai, si tu veux, mercredi soir. J'irai t'attendre à ton travail.

Chérie, peut-être que ma lettre ne te fait pas plaisir. Pourtant, petite Mone, ne m'en veux pas trop si je ne sais t'apporter tout le bonheur auquel tu as droit. Garde-moi ton amour.

Ton Mau qui t'aime bien et qui t'embrasse.

Simone ne retient des lettres que les mots d'amour. Magiquement, les mots de doute et de souffrance se gomment dès qu'elle les a lus. Elle ne pense plus que fiançailles et mariage. Il faut attendre, attendre encore. La loi impose neuf mois de délai avant un remariage ! Une éternité...

Pendant l'hiver, elle passe quelques jours à Cagnes chez Léa, la sœur de son père. Elle est éblouie par la mer, les orangers et la vue sur les Alpes. Elle écrit sur une carte ornée de fleurs en relief :

Il me semble qu'il y a longtemps que nous nous sommes quittés et le temps me dure bien de te voir. J'attends avec joie le jour de nos fiançailles et encore avec plus d'impatience le jour heureux de notre union. A bientôt mon cher amour. Tu es et tu seras toujours toute ma vie. Doux baisers.

Le jour des fiançailles, Simone porte une fabuleuse robe en voile bleu, modèle de chez Pierre Court. Jupe aux genoux, joli décolleté, épaules élargies par un savant plissé, petits boutons de tissu tournés en forme de roses. La cérémonie a lieu à l'église. Bien entendu.

Le mois de novembre arrive enfin. La robe de la mariée est tout aussi belle que sa robe de fiançailles. Modèle Pierre Court, ça va de soi. En crêpe de Chine blanc, taille bien prise et épaulettes drapées. Simone porte un voile court, retenu pas une couronne de fleurs, sur ses longs cheveux bruns. Maurice arbore un nœud papillon blanc sur sa chemise blanche, une veste sombre. Ils sont radieux. Ils ont calligraphié les menus sur une carte blanche et or, au nom des invités : hors d'œuvres, quenelles, lapin en civet, petits-pois, dinde rôtie, salade d'oranges, pièce-montée, tartes, vin « ordinaire » et champagne ! On a bien fait les choses pour marier cette fille aînée. Les toilettes sont à l'avenant, mère et sœurs chapeautées à l'identique. Seule, Hélène, a une mise plus modeste.

Elle voudrait se réjouir Hélène, sans arrière-pensée, sans crainte de l'avenir, sans la douleur des souvenirs mais elle ne réussit pas à ajuster son regard sur ce cortège bavard sans y voir se projeter les ombres d'une autre famille, d'une autre cérémonie. Elle se sent seule. Alphonse est retenu à la ferme. Francine est souffrante. Aline n'a pas voulu se déplacer sans eux. Elle sourit bravement, Hélène. Sa tête lui dit d'être heureuse mais son cœur hésite à tout donner encore une fois. Elle a reçu une lettre il y a quinze jours. Le tampon de la poste ne lui rappelait rien mais l'écriture était familière. C'était la mère de Julien.

Ma chère Hélène, voici bien longtemps que nous n'avons pas échangé de nouvelles. J'espère que vous allez bien ainsi que Maurice. Vous attendiez son retour de captivité alors que je me désespérais d'attendre des nouvelles de mon fils. Je ne sais si ma main aura le courage de tracer les mots qu'il faut. Julien, mon enfant, mon petit, est mort au loin. Comment survivre à cela ? J'ai perdu un mari. J'ai connu cette épreuve. Mais se voir arracher celui qu'on a mis au monde est une douleur sans nom. Je ne vis plus. L'attente de ses nouvelles me rongeait mais je me levais chaque jour en me disant qu'il allait enfin écrire, qu'il allait enfin revenir de cette frontière alsacienne où la guerre n'en finissait pas. Aujourd'hui, lorsque j'ouvre les yeux, après un sommeil noir que me procurent les drogues de mon médecin, j'ai seulement envie de m'arracher toute pensée, toute mémoire. Il est mort depuis janvier 45 mais je n'ai pas eu le courage de vous écrire avant.

J'ai su pour lui et Adèle. Je ne pouvais pas approuver bien sûr mais que faire quand plus rien ne ressemble à rien. Cette guerre nous a fait tant de mal à tous. Je n'ai pas osé lui écrire et d'ailleurs je ne sais pas où la joindre. Maurice a-t-il pardonné ? Comment va-t-il ? Comment vont-ils ?

Chère Hélène, je comprendrais que vous ne vouliez pas me répondre mais si vous aviez la bonté de le faire, il me serait très doux de retrouver votre amitié.

Je vis actuellement à Nice auprès de ma sœur. Je vous laisse mon adresse.

Recevez mes plus affectueuses pensées pour vous et pour Maurice.   Rose-Marie.

Hélène n'a pas parlé de cette lettre à son fils. Elle le regarde, tout à sa joie de tenir la main de Simone. Confiante, fragile. De quel droit irait-elle gâcher leur bonheur ? Et pourquoi ne pas se laisser aller à y croire aussi ?

Mau et sa Mone partent quelques jours en voyage de noces à Biarritz. Les vagues submergent le Rocher de la Vierge pendant les nuits de tempête

2 - Un enfant

Un enfant ne tarde pas à pousser dans le ventre de Simone. Pour Maurice, c'est la plus bouleversante des nouvelles. Il se répète, pour s'en persuader, que cette nouvelle est merveilleuse mais il ne peut s'empêcher de la voir comme un mirage prêt à s'évanouir. Incrédule, il a peur de s'attacher à ce tout petit miracle, peur de le perdre et, tout autant, peur de le voir exister. Qu'un être vivant prenne réalité ainsi, que deux cellules se rencontrent et s'accordent jusqu'à créer la vie, lui semble sorcellerie ou magie. Lui qui n'est pas croyant, se mettrait presque à croire en Dieu. Lui qui a côtoyé la mort, se mettrait presque à l'oublier. Il voudrait partager la joie de Simone, le bonheur de sa belle-famille ou la fierté imbécile de ses collègues lorsqu'ils annoncent que leur femme est grosse. Il tente d'imaginer cet enfant sans réussir à lui donner un visage. Il regarde les hanches maigres de sa femme, sa poitrine qui enfle à peine le corsage. Comment un enfant pourrait-il grandir ici ? Un enfant est caché dans cette caverne sombre, il s'y développe. Il bouge. Il distend la peau, devient monstrueusement gros. Bientôt, il prendra toute la place. Il faudra bien l'en déloger le moment venu. Sa Mone en sera-t-elle capable ? Des souvenirs le hantent, une nuit dans le jardin de l'Hôtel-Dieu, Adèle si pâle, les longs mois d'espoirs déçus. Et si tout allait recommencer ? Et si l'enfant allait tuer la mère ? Comment ce grand mystère peut-il se perpétuer dans la douleur du corps des femmes depuis toujours tandis qu'eux, pauvres hommes puissants, ont si peu de part à cette douleur ?

Les mois passent. Simone rayonne. Pas un instant, elle ne doute du bonheur d'enfanter. Juillet et août sont étouffants cette année-là. Elle s'en va à Cour et Buis, dans la demeure familiale, pour échapper à la fournaise. Elle y reste tout l'été, le matin à l'ombre du tilleul, l'après-midi dans la maison, derrière les murs épais qui font barrage à la chaleur. Sa mère et ses sœurs l'entourent, lui évitant toute peine.

Cette grosse maison aux murs de pisé n'a jamais été terminée. Avec un peu de courage et si l'on ne craint pas les araignées, on peut emprunter un escalier de bois aux marches bancales, fendues, penchées, voire absentes, pour aller visiter l'étage « côté locataires ». Là-haut on trouve une chambre où a dormi, en son temps, toute une famille et, en face, si l'on ouvre la porte, il faut se tenir sur ses gardes. Le plancher n'a jamais été posé sur les poutres. On pourrait tomber un étage plus bas dans une pièce, pas beaucoup plus accueillante, qui sert de débarras. Le côté « propriétaire » est à peine plus confortable. Le sol est en terre battue. L'évier, dans l'angle du mur, est fait d'une tôle en zinc, percée d'un trou prolongé d'un tuyau qui emporte les eaux sales au pied du mur extérieur de la maison. Pour l'eau propre, il faut aller à la fontaine par une sente envahie d'orties, avec deux brocs émaillés qui vous arrachent les bras et qui fuient tout le long du chemin. Le fourneau doit être allumé même en pleine canicule, seule solution pour cuisiner des repas chauds. Avec sa chaleur, bien inutile, il dispense généreusement sa fumée.

— Nous voici encore enfumées comme des jambons! grogne Gilberte.

— Le soleil devait être sur la cheminée. Tu aurais dû mettre un chiffon imbibé d'alcool ou d'huile, rétorque Thérésa.

— Bonne idée pour foutre le feu !

Les toilettes sont au fond du jardin. La nuit, on dispose d'un pot de chambre en porcelaine qu'on vide joyeusement par la fenêtre au matin. On rejoint l'étage en empruntant l'escalier de la chaire ! Le grand-père l'a récupéré et adapté lorsqu'il en a fabriqué un nouveau pour l'église. Là-haut, il y a une vaste chambre et deux grands lits-bateaux où dorment les quatre sœurs et une plus petite chambre pour les parents. Lorsque Maurice vient, en fin de semaine, Denise laisse sa place auprès de Simone et s'en va dormir dans le lit-cage qu'on déplie pour une nuit.

Thérésa brode des draps. La Tante Marie tricote tout le jour. Maurice se rassure un peu. Il tient à bout de bras une brassière minuscule, un bonnet, des chaussons et s'efforce de croire à celui qui viendra s'en vêtir.

En septembre, Simone et Maurice sont de retour dans le grenier. Simone a trouvé au « Tissu chic », un bon métrage de lainage écossais, gris et blanc. Ce soir-là, elle pédale énergiquement sur sa Singer pour terminer la robe de chambre qu'elle emportera à la maternité. Soudain, une douleur explose au plus profond de son corps et lui vrille les reins. La robe de chambre ne sera pas terminée à temps.

Maurice vient de rentrer du travail. Ils descendent les quatre étages puis, la valise ficelée sur le porte-bagage du vélo, partent tous les deux dans les rues. Le chemin est long, les pauses fréquentes. Simone, le souffle coupé par la douleur, s'accroche au bras de Maurice. Elle gémit de longues minutes puis reprend sa marche, courbée en deux. L'inquiétude d'arriver trop tard ne se dit pas. Sur le Pont de la Guillotière, les eaux de Simone rejoignent les eaux du Rhône. L'hôtel-Dieu n'est plus très loin mais chaque pas coûte. Maurice chasse de sa mémoire ce jour d'août où Adèle a perdu leur enfant entre ces mêmes murs. Il enrage d'impuissance de ne pas pouvoir partager la souffrance de sa Mone. Il voudrait vieillir vite, d'un jour, de deux jours, pour que le supplice prenne fin. Il reconnait la cour, les arcades, les odeurs d'éther et cette même sensation de voir partir celle qu'il aime pour la livrer à des mains inconnues. Quand la reverra-t-il ? L'idée de l'enfant à naître ne l'effleure plus.

Il va se réfugier chez sa mère.

A l'étage de la maternité, les bonnes sœurs sont surmenées. Elles courent, cornettes au vent, dans les couloirs, se débarrassent des bassins remplis de liquides sanguinolents et des paquets de draps souillés. Elles poussent des chariots et convoient des nouveau-nés hurlants de la salle d'accouchement à la grande salle commune où l'on a dû rajouter des lits. Personne n'entend plus les cris des parturientes. Accoucher fait mal. C'est ainsi et c'est écrit dans la Bible. Pas de quoi en faire une histoire. Accoucher ne fait plus mourir. Ou moins souvent. C'est un progrès ! Les médecins passent d'une femme à l'autre, appuient sur les ventres, hurlent le verbe « pousser » à l'impératif, s'emparent des forceps, incisent des périnées, recousent au mieux, coupent des cordons et la vie continue. Les pères sont soigneusement tenus à l'écart, priés d'attendre au café d'en face en fumant toutes les cigarettes possibles. Lorsqu'ils viennent aux nouvelles, ils trouvent une femme apaisée et un bébé bien propre emmailloté dans ses langes.

Je suis cette enfant-là. J'ouvre les yeux pour voir mon père penché sur moi. Il dit que j'ai les yeux violets. Il sait déjà qu'il va m'aimer au-delà de tout et que je vais l'aimer tout autant.

Je viens au monde en même temps que les 867 000 bébés de cette année là. Je suis effectivement monstrueusement grosse : 4kg300 ! Toutes les voisines de chambre s'étonnent : « on dirait qu'elle a un mois ! » Comment ma frêle maman a-t-elle réussi cet exploit ? J'achève de l'épuiser en lui prenant tout son lait. Je passe mes nuits à hurler. Je ne me calme que dans ses bras. Elle se déhanche à me promener de la chambre à la cuisine, pour laisser dormir mon père qui doit pointer de bonne heure à l'Arsenal. Lorsqu'il part, tôt le matin, je dors à poings fermés et sa Mone aussi. Il pose son regard sur moi, sur elle, et s'en va répéter à qui veut l'entendre : « C'est l'enfant de l'amour ».

Il écrit à sa chère tante Aline et à Francine.

Depuis la mort de son mari, Aline a quitté la ferme. Les deux femmes vivent maintenant ensemble, au Puy, où Francine travaille dans une fabrique de chaussures.

Ma chère Tatan,

Il y a bien longtemps que je n'ai pas eu de tes nouvelles. J'espère que tu vas bien ainsi que ma cousine. Je viens t'annoncer la naissance de ma fille. Nous l'avons appelée Michèle. Elle est née le 4 septembre et se porte bien. L'accouchement a été très difficile. Ma pauvre Simone a été courageuse mais elle est bien faible maintenant. Le docteur a recommandé beaucoup de viande rouge. Hélas, elle a peu d'appétit. Ce n'est pas le cas de Michèle qui réclame son lait à grands cris.

Nous allons la baptiser le mois prochain. Je vais écrire à Alphonse. J'aimerais que le petit Louis soit son parrain. Il n'a que onze ans mais cela me ferait plaisir que ma fille garde des liens avec la famille de mon père. Pour marraine, elle aura la plus jeune sœur de Simone, Monique, qui n'est pas bien vieille non plus. Elle a quinze ans.

Nous serions très heureux que vous veniez pour le baptême. On devrait pouvoir se débrouiller pour loger tout le monde ici ou là. La date, c'est le dimanche 5 octobre. J'espère que vous pourrez venir.

Je vous embrasse bien affectueusement et j'attends votre réponse avec impatience. Maurice.

Le 5 octobre, tout le monde est là, les bras chargés de cadeaux, médaille, bracelet, assiette en argent, gobelet, couverts, rond de serviette rien ne manque, pas même le coquetier gravé à mon nom. Au Saint-Sacrement, Louis s'efforce de ne pas laisser tomber cette grosse poupée vêtue de linon fin et couverte d'un « burnous » de laine. Les yeux d'Hélène brillent. Ainsi, cette petite est là, bien vivante, et braillarde lorsqu'elle reçoit l'eau et le sel, premier chaînon heureux après tant de peines.

Le repas aura lieu chez mes grands-parents. Thérésa a déployé tous ses talents de cuisinière. Il ne s'agirait pas de faire un faux pas, un jour pareil, en présence de la belle-famille ! Son honneur est en jeu, sa réputation, sa vie même ! Grand- père est joyeux après l'alcool de prune. Il chante « J'ai deux grands bœufs dans mon étable » et « La perdriole » dont le refrain s'allonge à mesure que défilent les douze mois de l'année, promettant à « sa mie », tourterelles, ramiers, canards volants, lapins, moutons et vaches jusqu'à ces onze beaux garçons et ces douze demoiselles gentilles et belles. Les convives aident à retrouver les paroles de cette chanson-fleuve. Je dors dans mon landau, une grosse caisse noire, basse sur pattes, qu'il a fallu hisser au quatrième étage pour l'occasion. Je m'imprègne du bonheur ambiant, des rires et des parfums de cuisine et de vins.

Au printemps, je me tiens assise dans la caisse noire du landau et je souris d'une dent. En août, je goûte aux plaisirs du soleil à La Valla, le village natal de mon grand-père. Maman s'y rend avec ma grand-mère. Les deux femmes sont horrifiées par la saleté qui règne dans la maison et par les habitudes alimentaires de la famille.

La Valla 23 août

Nous mangerons dans notre chambre, tranquilles, car la nourriture que mangent oncle et cousin, c'est choux et lard sur toute la ligne. Maman a un nettoyage énorme à faire. Il y a des punaises dans le lit. Les draps sont d'une saleté repoussante. Ne me laisse pas trop longtemps là. Je préfèrerais aller au Puy avec toi. Michou ne s'en fait pas. Elle est aux anges, dehors toute la journée. Elle ne s'est pas encore décidée à marcher toute seule mais on la sent tous les jours plus forte. Elle a de bonnes joues rouges.

Tu me dis de parler de toi à ton petit Michou. Ne te fais pas de mauvais sang, je lui parle tout le temps de son Papa. Quand je lui dis « où il est Papa ? » elle lève son petit bras et voulant dire « là-bas ». Elle fait mimi à son Papa sur la photo que j'ai et je crois même qu'elle te reconnait car elle fait de grands sourires.

Elle dort en bas dans son landau. Elle s'est réveillée tôt ce matin à cause du soleil. Tiens, j'entends Maman qui monte avec elle. Elle me prend par le cou. Elle veut écrire à son Papa.

Maman prend ma main :

Papa chéri, ton petit Michou t'embrasse bien fort. Gros mimis sur le papier. Un baiser au chocolat avant de fermer la lettre. Michou.

Lyon le 26 août

Ma chérie,

Je suis un peu déçu de tes nouvelles car je pensais que c'était propre et que tu mangerais mieux que ça. Ce n'est pas la peine d'aller si loin pour manger ainsi. Ta mère doit bien s'en mordre les doigts. Je ne comprends pas. On doit bien pouvoir trouver du beurre, des œufs, du lait, des patates et de la viande fraîche autre que du porc. Moi qui croyais que tu allais là-bas pour profiter... Si c'est comme ça, ce n'est pas la peine de rester. D'après ta lettre, il n'y a que la petite qui se trouve bien. C'est tout autre chose que j'avais pensé d'après ce que disais ta mère.

Avez-vous beau temps ? Ma chérie, j'espère que ta prochaine lettre m'apportera de meilleures nouvelles et un meilleur moral. Ce que je veux surtout, c'est que <u>tu manges bien, une nourriture saine et que tu te reposes bien</u> car tu en as grand besoin. Ne t'inquiète pas pour moi. Ma mère me soigne bien et te remercie pour ta carte. Elle t'embrasse.

Je te quitte, ma chérie, en t'envoyant beaucoup de caresses et de gros mimis ainsi qu'à mon petit bout qui doit bientôt trotter ! Embrasse-la pour moi. Ton Mau.

La Valla 27 août

Mau chéri, je me réveille en colère, j'ai trouvé une punaise dans le lit de Michou. On est entouré de puces et de punaises. Je n'en peux plus. Le temps me dure d'être avec toi à Sassac. Tu prendras la boîte de lait Nido qui est dans le buffet de la salle à manger en bas à droite. Elle est un peu grosse mais tant pis. Si on ne peut pas trouver de lait tout de suite au Puy ça va être compliqué. Michou sera malheureuse sans son lait. N'oublie pas. Si tu peux trouver les gants que Tatan Aline m'a faits, elle serait contente de me les voir à la main. Ils sont dans un sac dans le tiroir du buffet de la cuisine.

N'oublie pas de demander à Monique qu'elle te donne deux tétines Burnet à soupape pour Michou. Les siennes ne peuvent plus faire. Prends bien les cartes de lait et la boîte Nido. Prends l'appareil photo et puis du sucre pour les bouteilles de Michou.

J'ai reçu une lettre de ta maman. Embrasse- la pour moi. J'étais contente car j'avais bien le cafard. Je n'ai pas beaucoup de distractions ici, à part guetter le facteur et notre petite Michou qui devient de plus en plus drôle.

Je t'embrasse bien fort. Ta Mone

La Valla 1er septembre

Mon chéri, deux mots pour te donner de mes nouvelles. Ce sera la dernière lettre car j'espère bien que tu seras là samedi pour qu'on déménage vite d'ici. Le temps me dure bien mon petit trésor.

Ton petit Michou va bien. Elle reconnait ta photo. Si tu voyais comme elle t'embrasse. Elle est drôle. Elle sait faire bravo avec ses petites mains.

Dis-moi à quelle heure tu arrives et à quelle heure on repart de Saint Etienne pour le Puy. Dis-moi vite que je sache à quoi m'en tenir pour commander l'auto qui nous descendra jusqu'au train. Réponds-moi par retour de courrier.

Le temps me dure bien de toi et je voudrais déjà être à Sassac pour te serrer bien fort dans mes bras.

A samedi mon chéri.

Papa n'a pas oublié l'appareil photo et il est arrivé à temps pour sauver sa Mone des punaises et du cafard. Nous voici en route pour le Puy et pour Sassac. Sur les photos, je me tiens droite sur mes jambes auprès de ma mère, assise dans l'herbe, toute belle dans sa robe fleurie, tellement heureuse, ou sur l'épaule de mon père, tellement heureux, lui aussi. Je passe des bras d'Hélène à ceux d'Aline. Je goûte au lait bourru. La vie coule dans mes veines. L'amour entre sous ma peau.

Nous rentrons à Lyon. Je grandis au large dans ce si petit grenier. De ma main droite, je peux toucher la paroi du buffet de la « salle à manger » En me trémoussant un peu, je peux atteindre des orteils le divan qui se trouve collé au pied du lit de mes parents. A quelques centimètres de leur lit, il y a l'armoire à glace, énorme. Le reste de la pièce est rempli comme un œuf des autres meubles signés Lévitan « ceux qui sont garantis pour longtemps », une table massive et six chaises, cuir fauve et clous dorés, une table basse, quelques grosses lampes. Jusqu'à mes quatre ans, j'ai encore le loisir de me tenir debout devant la fenêtre coincée dans la soupente de mon merveilleux grenier. Bientôt je serai à genoux pour observer le mouvement de la rue, les pigeons et les fenêtres de l'atelier de confection textile où se penchent les silhouettes des couturières. Je me faufile aisément entre les meubles et le long du couloir où veille accroupi le monstre à l'œil rouge, chien des enfers à l'humeur grondante qui, la gueule bourré de boulets de charbon, nous dispense sa chaleur l'hiver. Je trotte jusqu'à la cuisine, elle aussi, pleine à craquer : buffet deux corps, table, chaises. Un charbonnier avec sa trappe déverse à heure fixe les fameux boulets pour le poêle mais aussi pour la cuisinière qui nous permet de faire cuire les repas et d'avoir une réserve d'eau chaude pour la vaisselle, la lessive et le débarbouillage dans la cuvette en zinc, sur l'évier de la cuisine. Luxe rare, nous avons les toilettes dans l'appartement et non sur le palier où nous devrions les partager avec d'autres locataires.

Je suis heureuse dans ce minuscule appartement perché sous les toits. Je trouve assez de place sous les tables pour installer mes cubes et ma dînette. Je fais des bonds de folie sur le lit de mes parents. Mon vol plané très réussi depuis le matelas à ressort de mes grands-parents ne m'a pas guérie de cette passion. Il m'a pourtant valu un moment d'inconscience. Il faut dire que j'avais rencontré et arraché au passage, la poignée en porcelaine de la porte. Je me suis réveillée la tête sous le jet d'eau froide du robinet de la cuisine. J'en ai gardé une belle bosse au front et le souvenir des carreaux blancs, au mur, lorsque j'ai rouvert les yeux.

Je suis en sécurité dans ces pièces encombrées où rien n'échappe au regard, souveraine en mon domaine. Je suis choyée, couverte de linge fin et de vêtements bien coupés. On ne plaisante pas avec l'élégance dans la famille : mère, grands-mères, tantes et grands-tantes, arrière grand-mère ont été, ou sont encore, couturières, modiste, lingère. Aline envoie des gants en dentelle du Puy. Ma Tatan Marie, la sœur de ma grand-mère, réalise des chefs-d'œuvre au tricot : robe de laine à la jupe savamment évasée, veste assortie. Je les porte le jour où un photographe des rues a fixé cet instant de bonheur. Je donne la main à mon père et à ma mère. Mes deux bras tendus dessinent le V de la victoire. Mes parents sont radieux. Ma mère est élégante et chapeauté. Mon père est mince et séduisant, cigarette dans le creux de la main. Sur une autre photo, prise un dimanche de printemps, sur la Place Bellecour, je suis vêtue d'un léger manteau blanc à l'empiècement ouvragé de « nids d'abeilles ». Je porte une broche, ma médaille de baptême est soigneusement mise en évidence sur mon manteau. Et je suis chapeautée, s'il vous plait ! Le bord du chapeau en corolle est assez habilement ajusté pour laisser voir un gros nœud de ruban et quelques mèches frisées aux bigoudis pendant la nuit. Qu'y a-t-il dans mon aumônière, ce petit sac froncé d'un ruban ? Un bonbon, une pièce, un jeton pour le manège ?

Chacune de mes toilettes fait l'objet de longues discussions, de recherches sur les magazines, d'achat de « patrons » et de tissu, du choix des boutons les plus délicats, de la doublure la plus soyeuse et, pour finir, de travaux longs et appliqués et d'essayages auxquels j'essaie d'échapper. On m'habille, on me fait tourner sur moi-même, on m'accompagne devant le grand miroir de la chambre. Je suis au centre du cercle de mes admirateurs. Me voici prête à combler tous les miens. Regardez-moi ! Je suis le signe que la vie a repris. Mon élégance, mon insouciance, sont l'incarnation du bonheur retrouvé, du soulagement d'être restés en vie sous les bombardements. Ma joie de vivre doit être ce qui effacera cinq années de captivité pour mon père et la tristesse d'un divorce au retour de ces cinq années.

Parfois Hélène vient nous rendre visite, le soir. Elle porte toujours un gros cabas en toile cirée noire. Mémé Minou est une magicienne ! Elle tire de son sac le bonheur sucré, onctueux, délicat, celui qui ravit les papilles et dont la texture comble la bouche et s'en va vivre pour longtemps dans le profond du corps et dans la mémoire : des bananes ! Délice interdit par Maman qui voit en ces fruits du diable le danger absolu d'étouffement ou d'indigestion, surtout le soir. Papa connait ce dictat. Mémé Minou ne le connait pas. Moi, je frétille d'impatience. Papa est bien embêté entre sa femme qui proscrit les bananes et sa mère qui connait ma passion pour elles. Il négocie pour une moitié. Je me régale sous le regard inquiet de ma mère. Hélène est rayonnante. Je me love dans ses rondeurs.

C'est chez elle que je vais me livrer à mon premier excès d'alcool. Elle a généreusement arrosé de rhum sa salade d'oranges. J'apprécie ! Je vide le fond du saladier sans que personne ne s'en inquiète. De retour à la maison, je suis en grande forme ! Je chante et je danse, mon petit fauteuil en osier tenu à bout de bras au-dessus de ma tête. Mes parents sont perplexes. Ils tentent de me coucher. Je me redresse comme un pantin hors de sa boîte et je reprends mon sabbat.

— Elle est pompette !

J'étais pompette !

Hélène est morte l'année de mes trois ans, le 18 novembre 1950. Je n'ai rien su de sa maladie ni du chagrin de mon père. J'ai été tenu à l'écart de tout. Pourtant, j'ai les larmes qui me montent aux yeux en écrivant ces lignes. J'ai une photo d'elle. Au dos, dès que j'ai su écrire, j'ai posé son nom en belle écriture « anglaise » : Mémé Minou. Je ne l'avais pas oubliée. Et tant aimée. Je portais, à une lettre près, le même prénom que cette petite Michelle qu'elle avait vu mourir dans ses bras.

Lorsque j'ai ouvert le portefeuille de mon père, j'ai trouvé deux photos d'identité côte à côte : celle d'Hélène et celle d'Aline, indissociables, ses deux mères.

Les mois d'été dans le « pigeonnier » sont étouffants. Papa n'a que deux semaines de vacances. Il doit rester seul à Lyon pendant que nous allons chercher la fraîcheur à Cour. Il trouve la maison bien vide et « joue les pique-assiettes » chez les uns et les autres, il fait des parties de boules avec mon grand-père et avec l'oncle Georges, le mari de Gilberte. Il part à la pêche à quatre heures du matin et rentre « sans avoir vu la queue d'un poisson ». Il se désespère pour son jardin : « de l'herbe, une forêt vierge et des haricots grillés, j'en étais malade. A part les poireaux, c'est tout ce qu'on peut voir de comestible ».

Bien que vivants au centre de Lyon, nous avions un jardin ! C'était une parcelle louée parmi d'autres parcelles cultivées par des ouvriers. Chacun avait sa cabane et, aux beaux jours, les tribus se regroupaient là pour festoyer tout le dimanche. C'était aux portes de Lyon, à l'orée du quartier des Etats-Unis où l'architecte Tony Garnier avait eu pour mission de créer des ensembles d'immeubles, dans les années 30. Ils étaient destinés à abriter des familles modestes mais étaient dotés d'un confort très exceptionnel pour l'époque : toilettes, balcons et espaces verts entre les bâtiments. Un rêve pour mon père ! Pour atteindre son jardin, il devait longer ce rêve puis se faufiler entre quelques bidonvilles et enjamber les flaques du chemin en poussant son vélo. Malgré l'ingratitude des récoltes, quel bonheur pour lui de pouvoir toucher la terre ! En un instant, il oubliait l'usine et sa crasse et retrouvait les odeurs d'humus de ses dix ans. Il remontait ses manches, crachait dans ses mains et attrapait les outils .Il désherbait, sarclait, retournait la terre, semait, arrosait et continuait à espérer que le soleil et les insectes lui laissent de quoi régaler sa Mone quand elle reviendrait de vacances. En rentrant, il ne manquait pas de lui raconter par le menu sa journée et terminait bien tard :

Ma femme chérie,

J'irai à Cour pour le 15 août. Bientôt je pourrai te prendre dans mes bras ainsi que ma petite-fille. Il ne me reste plus beaucoup de temps à attendre. Profitez bien du beau temps. Aujourd'hui, il a fait une belle journée. Ma Michèle est-elle sage ? Mange-t-elle bien ? Ma chérie, repose-toi. Profite du bon air ainsi que ma petite fille car tu sais, après, il faudra rester un an au pigeonnier. J'ai donné à laver mes bleus et mon linge. Ça te fera moins de travail en rentrant. Dis-moi s'il te faut quelque chose.

Ma chérie, il est près de minuit et ma lettre se termine. Je suis bien content que mon petit bout prenne des couleurs. Elle ne va plus reconnaître son Papa ? Je te dis bonne nuit en te serrant bien fort dans mes bras et je t'envoie de gros mimis sans oublier mon gros petit plot, mon petit ange qui doit déjà dormir.

Ton Mau qui t'aime. Mes amitiés à ta mère.

Maman, championne des listes de courses, répond :

Le temps me dure ici et je t'écris pour être avec toi.

J'ai oublié ma brosse à dents et pense à ton blouson. Si tu peux prendre une plaquette de beurre au Bon Lait, papier argent, il est moins cher qu'ici et meilleur. Prends aussi un ou deux citrons et des bananes pour Michou. Et ma corde à linge, celle que j'avais l'an dernier. Et un pot de confiture de coing pour les goûters de ta fille. Elle m'en a réclamé et si tu peux, mon moulin à légumes, des journaux à lire et un couteau. N'oublie pas le manteau de Michou et souffle pour les mites avant de partir. J'ai laissé des vêtements sur sa poussette. Si tu pouvais les mettre dans l'armoire, j'ai peur qu'ils se mitent. Regarde aussi si tu trouves son arrosoir. On l'avait rapporté pour qu'il ne rouille pas. Il est peut-être au grenier. Enfin, cherche bien, elle est fâchée de ne pas l'avoir quand on va à l'eau. Tu sais comme elle était contente d'y aller avec toi l'an dernier.

Elle va bien. Elle parle de son papa. « Papa va venir dimanche, samedi ? » « Non, vendredi soir » « Ah ? Vendredi soir ? Et puis, il reste Papa ? » « Oui ! Bien sûr qu'il reste ! » « Ah ! Chic ! » Tu vois que ta fille pense à toi.

Elle ne manque pas de me tenir la main pour conclure les lettres :

Mon petit Papa chéri, viens vite pour m'amuser et faire des pâtés avec moi et jouer au ballon. Je te fais de gros mimis. Ta petite Michou qui t'aime de tout son cœur.

Ou encore ;

Mon Papa chéri, ta Michou est un petit peu sage et fais de gros, gros mimis à son petit Papa qu'elle aime de tout son cœur.

Le 22 août, Papa est déjà reparti :

La première chose que Michou a demandé ce matin en se réveillant, c'est son Papa. Tu sais, tu dois lui manquer. Elle était toute désorientée.

Je n'ai plus personne à suivre comme mon ombre du matin au soir. Plus personne pour aller chercher les tommes fraîches et le lait dans une belle jarre vernissée. Plus personne pour trotter à la fontaine avec mon arrosoir et marcher jusqu'à la rivière, c'est loin pour mes petites jambes. Lorsque je suis fatiguée, il me prend sur ses épaules et, de là-haut, je tutoie le ciel et ses anges. Avec lui, les jours sont une fête.

Le « cafard » a repris Maman, loin de son Mau.

Mon chéri, je t'aime trop, je crois que je ne pourrai pas rester longtemps séparée de toi. A bientôt mon petit Mau chéri. Reçois de ta Mone ses plus tendres baisers et ses plus douces caresses.

Il répond :

Comment vas-tu mon petit ? Je sais bien que pour toi c'est surtout une question de moral. Sois sans crainte, ma grande, ce sera vite passé. Je souhaite seulement qu'il fasse un peu moins chaud lorsque tu rentreras à Lyon. Je t'assure, on cuit. Et ma petite fille, comment va-t-elle ? Son Papa lui manque donc un peu. J'ai été bien content qu'elle me fasse un « mimi pété ». Cela console beaucoup des petites misères qu'elle nous fait et puis, c'est tellement rare qu'elle embrasse, ma grosse gâtée.

Lorsque je lui fais des « misères » Papa me gronde. Je le regarde alors avec un œil noir et je lance de toutes mes forces un sonore : « tu es méchant ! ». Jusqu'au jour où je m'aperçois qu'il adore ça et, pire humiliation, que ça le fait rire. Privée de mon arme, je dois accepter la défaite. Et tâcher d'être sage.

Malgré l'inconfort encore plus grand que celui du grenier, la maison de Cour était leur paradis. Malgré la fumée de la cuisinière. Malgré les mouches qui venaient en nuées de la cabane pour se coller sur la banderole de papier gluant suspendue au plafond de la cuisine. Malgré les brocs d'eau à transporter et les cuvettes à disposer sous les gouttières les jours d'orage. C'est qu'il y avait, là-haut une vaste chambre, des volets à fermer pour la sieste et à ouvrir sur le jardin et sur les champs. Il y avait de l'herbe où se rouler. Des grillons y chantaient le soir. Il y avait une rivière où attraper quelques poissons tôt le matin, où se baigner lorsque le soleil plombait à la verticale. Il y avait tous les chemins aux haies couvertes de mûres.

Après chaque été, Maman espérait m'avoir fabriqué un petit frère mais rien ne venait. Je grandissais déjà. Il lui fallait cet autre enfant que son ventre refusait. Elle pleurait en retrouvant le grenier qui me convenait si bien. Papa se demandait si on allait pouvoir loger un berceau de plus entre la table et le buffet mais, faute de pouvoir agrandir l'appartement, il travaillait de bon cœur à agrandir la famille et consolait sa Mone comme il pouvait.

Ils consultèrent. Le médecin s'inquiéta de la maigreur de Maman et ordonna du repos, une nourriture copieuse et le soleil de la Drôme. Début avril, elle s'en alla à Marsanne, en Drôme provençale, dans une maison de repos au nom très saint de « Notre Dame de Fresnau ».

3 - Marsanne

Je fus donc confiée à la garde de mes grands-parents pour deux longs mois. J'avais à peine quatre ans. Ma grand-mère me conduisait à Marsanne régulièrement, long voyage, en train jusqu'à Montélimar, puis en car jusqu'à la maison de repos. Après quelques heures de visite, il fallait entreprendre le voyage du retour.

J'ai retrouvé toutes les lettres échangées pendant ces deux mois. Elles racontent l'inquiétude des uns, le désespoir de ma mère qui ne réussit pas à prendre le moindre gramme ni à tomber enceinte, les encouragements de mon père qui l'exhorte à la patience et mes menues aventures. Chacune porte un petit cercle où j'ai dû déposer un baiser pour "ma Maman chérie".

L'une d'elles me frappe particulièrement.

Lyon le 30 avril 1951

Ma chère Simone,

Nous avons fait bon voyage. Le train avait un peu de retard. Nous sommes arrivés à la maison à 10h30. Denise était seule. Parti dans le début de l'après-midi, Papa n'était pas rentré. Alors, tu te représentes dans quel état il est arrivé. Je n'ai pas pu me reposer de la nuit. Il a ronflé, sauté, bougé. Si je n'avais pas eu froid, je ne me serai pas couchée. Aussi, tu peux croire que j'étais lasse hier. Et dire que cette semaine, c'est fête presque tous les jours, bientôt le 1er mai puis l'Ascension et Pentecôte. Alors, je n'ai pas fini avec les rentrées trébuchantes à la maison. Si les prix d'hôtel n'étaient pas si chers, je serais bien repartie pour passer huit jours avec toi et Michèle.

Michèle va bien et est bien sage. Hier après-midi, elle t'écrivait une lettre toute seule en récitant tout ce que, soi-disant, elle écrivait. Elle était très drôle et si, plus tard, elle ne change pas, elle aura un bon style. J'ai pris quelques mots et phrases de ce qu'elle te racontait mais j'y ai pensé un peu trop tard. Je ne pouvais pas me rappeler textuellement. Maintenant, elle veut faire aussi une lettre. Je lui ferai mettre un peu de ce qu'elle écrivait hier.

Maurice est venu à midi et a passé la soirée avec nous. L'après-midi, il a voulu aller promener Michèle. Je n'osais pas lui dire qu'il faisait froid. Mais ils sont très peu restés. Ils sont allés jusqu'au pont de Chemin de fer et Michèle a demandé à revenir. Il voulait l'emmener chez vous pour qu'elle voie ses jouets. Quand le Papa s'est levé, ils sont allés faire la belotte.

Papa veut aller te voir samedi mais je t'écrirai car, avec lui, on n'est jamais sûr de rien.

Le temps me dure bien de toi. Il n'y a que toi qui me cause un peu. J'ai toujours le cafard. Aussi, quand tu vas me reprendre Michèle, je ne sais pas si je pourrai continuer à supporter tout ce qui se passe voilà quelque temps, avec tes sœurs. Quant au Papa, voilà 30 ans que j'ai pris patience mais je ne l'ai plus.

A bientôt, ma chère petite. Soigne-toi bien. Ta petite aura bien besoin de toi et il te faudra être bien patiente, ne pas la brusquer. Tu verras que tu y arriveras bien mieux.

Reçois, ma bien chère petite, de bons baisers de tout mon cœur. Je t'embrasse.

Ta Maman.

PS : si Denise ou Monique vont te voir, tâche de savoir par quel moyen de locomotion elles se sont rendues au muguet. Comme il ne pousse pas dans les pavés de Lyon ce doit être assez loin. Et aussi, avec qui elles y sont allées. Fais-moi ce plaisir.

Je ne t'ai pas demandé si tu avais fait ma neuvaine et si tu avais mis des cierges. Je ne voulais pas te les payer devant Monique.

Ma petite, pense à moi.

Je lis et relis la lettre. Je reste bouche-bée en découvrant la ligne qui annonce que « si je ne change pas j'aurai du style » ! Je n'avais pas quatre ans. Ma grand-mère était-elle visionnaire ? Me voici effectivement devenue écrivain, écrivaine, auteure, autrice... Notre 21ème siècle a du mal à féminiser certains noms. Mais il est vrai que j'écris des livres et qu'ils se vendent bien, quoique dans un périmètre restreint, ce qui suffit cependant à mon bonheur.

A travers ces lignes, je découvre aussi les tensions qui existaient entre mes grands-parents et entre ma grand-mère et ses deux filles cadettes. J'imagine aussi ma mère, malade, éloignée de son foyer et de sa famille, mais que sa propre mère sollicite et appelle à l'aide pour partager ses problèmes conjugaux et ses inquiétudes. Je m'interroge sur cette « brusquerie » dont je suis l'objet.

La lettre dort depuis plus de soixante-dix ans dans un coffret, au fond d'un placard, avec beaucoup d'autres que je vais lire aussi. J'ai la sensation d'un vertigineux toboggan. Je glisse jusqu'à ces premiers temps de ma mémoire. Je lis aussi la page qui accompagne la lettre. Les caractères sont maladroits. Les mots sont écrits de ma petite main enfermée dans celle de ma grand-mère.

Ma Maman chérie, j'ai bien dormi cette nuit. Mamé m'a levée à minuit pour faire pipi et puis, après, j'ai tenu la main de Mamé un gros moment et puis j'ai rêvé au Diable qui perdait sa queue en route. Je me suis levée à 8 heures et demi et je m'étais couchée à 8h. A minuit, je voulais manger une pomme et je voulais faire lever le soleil. En me levant, je voulais aller te voir mais Mamé n'a pas voulu. Ce n'était pas le jour. Peut-être demain, elle voudra.

Ma Maman chérie, je te mets là un gros baiser et puis mes deux bras autour de ton cou. Je t'embrasse bien, bien fort. Ta petite Michou.

Je n'ai pas encore quatre ans. Je suis dans la cuisine de mes grands-parents. Mon grand-père est absent. Sans doute est-il dans un café enfumé, occupé à jouer aux cartes en buvant du vin rouge. L'odeur du bistrot surgit à mes narines. Lorsque la nuit tombera, ma grand-mère me couvrira de lainages. Ne pas « prendre froid » est une obsession dans chaque lettre. La tuberculose sévissait et le froid était à coup sûr responsable de ce mal. Elle recommande à sa fille :

Soigne-toi bien ma chérie, mange bien. Ne prends pas froid. J'ai bien peur que tu aies pris froid en venant m'accompagner. Il y avait du vent. Fais bien attention.

Maman s'inquiète aussi :

Deux mots pour vous dire de bien habiller Ma Michou pour samedi car, ici, il ne fait pas chaud. Il y a toujours du vent

Grand-mère m'emmène avec elle au café. Peut-être, qu'en me voyant Grand-père sera plus enclin à rentrer à la maison. Des quolibets nous accueillent : « Gare ! Voilà la bourgeoise ! » Je n'ai pas encore quatre ans mais je comprends que ces mots sont mauvais à entendre pour ma « Mamé » qui tâche de rester digne. Je n'ai pas encore quatre ans mais je vois ses larmes. Nous rentrerons seules. Grand-père, beaucoup plus tard. Il vomira peut-être son mauvais vin dans les toilettes ou, pire, au pied du lit.

Il n'est pas mort à la guerre de 14 comme mon autre grand-père, mais il meurt tous les jours un peu de l'alcoolisme qu'il a appris là-bas, sous les obus. Il en a rapporté ces cylindres en cuivre, vidés de leur poudre, brillants comme de l'or. Ils sont sur le buffet de la salle à manger. Je les regarde en passant et je demande à les toucher parfois. J'observe mon visage déformé dans leur paroi lustrée.

Ma mère s'inquiète de cette histoire de diable qui perd sa queue. « *Mais pourquoi donc as-tu rêvé comme cela ? Tu avais donc eu peur ? Et de quoi ? Dis le moi* » et termine par « *Fais un gros dodo mon petit Michou mais en faisant de jolis rêves tout bleus* ».

Ma grand-mère la rassure : « *Michèle dort bien, mange bien, ne te fais pas de soucis pour elle. Son rêve c'est elle qui a voulu te l'écrire mais c'est la petite voisine qui le lui a raconté alors elle redit pareil. Ne te fais pas de mauvais sang. C'est elle le Diable ! Quand elle t'écrit je lui tiens la main mais c'est elle qui te cause. Il faut mettre ce qu'elle dit* »

Je « dors bien » mais dans les premiers souvenirs où le toboggan m'aspire, il y a ce cauchemar. Pire qu'un cauchemar, une hallucination. Je suis sûre d'avoir vu se dresser au bord de la fenêtre de la chambre, au quatrième étage, un homme menaçant, un diable en effet. Ce sont mes hurlements qui m'ont réveillée. Mes grands-parents accourus près de moi, m'ont trouvée en larmes. Mon lit était inondé.

Pour chasser le Diable, sans doute, Maman m'envoie « *Une jolie image pour que tu sois bien sage et que tu penses bien à moi. C'est le Petit Jésus dans son jardin avec un ange qui l'aide à jardiner les fleurs. Regarde-le bien et fais-lui de gros mimis. Je te mets un gros baiser dans le rond, là, et je t'en pose mille autres sur tes grosses joues bien roses. A bientôt, mon tout petit bout. Merci pour les jolies pétales de fleurs* ».

Diable ou jardinier, il pourrait s'agir du même... Mon grand-père aviné qui était venu me chatouiller dans mon lit et que ma grand-mère avait chassé à grands cris. (Ho ! Quel soin elle mettait chaque soir à tirer ma chemise de nuit jusqu'à mes pieds !). Mon diable de Grand-père ou bien mon grand-père magnifique. Au jardin, il remplit les paniers de clergeons et de minuscules pommes de terre. Il me confie le bouquet de roses soigneusement débarrassé de ses épines.

— Ne cours pas, tu vas les abimer !

Mais si quelques pétales tombent on pourra les mettre bien à plat dans la lettre avant de l'envoyer à Marsanne.

D'autres lettres arrivent :

Mon petit Michou, mon poussin, je vais bientôt aller vers toi et nous irons bientôt chercher Papa à son travail. Embrasse bien Papa pour moi et reçois de ta petite maman qui te prends dans ses bras et te lève bien haut de bien, bien, gros, gros mimis sur tes bonnes joues et je me penche sur ton petit lit pour te poser un gros mimi une fois que tu fais ton gros dodo. Ta Maman.

Maman va rentrer. Nous irons chercher Papa « à son travail ». Il a été embauché à l'Arsenal de Lyon après son retour de captivité. Ses rêves de ferronneries d'art se sont envolés avec ses dessins qui devaient donner naissance à de magnifiques portails ou à d'étranges lampes. Terminé le sortilège du feu auquel le fer doit obéir à beaux gestes maîtrisés. Il doit pointer à l'heure, tôt le matin, s'activer dans la fournaise d'une forge industrielle à des tâches répétitives, assourdi par le fracas des tôles. Lorsqu'il fait beau, nous partons dès le milieu de l'après-midi, Maman et moi. Nous prenons le tram jusqu'à la Place Bellecour. J'ai droit à un tour de manège ou à une promenade en voiture à pédales. Maman loue une chaise pour profiter du soleil. Quand il est l'heure, nous marchons jusqu'à la Place Carnot, puis nous nous engageons sous les mystérieuses voûtes au sortir desquelles apparaîtra la rue Bichat, les murs de l'Arsenal et la grosse porte qui libérera mon père. Apparition miraculeuse ! Plaisir identique à chaque fois. Nous rentrons à la maison tous les trois, à pied, lui poussant son vélo, moi parfois grimpée sur le porte-bagage ou sur ses épaules, quand je suis fatiguée.

Mais le séjour à Marsanne se prolonge.

Est-ce que ma mère m'a manqué lors de cette longue séparation ? Elle écrit à mon père :

« J'ai vu mon petit bout qui était heureuse de revoir sa Maman. Cela ne lui a rien fait de me laisser quand elle a pris le car. Et quand j'ai expliqué que je ne voulais pas accepter la prolongation de mon séjour ici, elle m'a dit : « Pourquoi tu veux pas rester ? Tu es bien ici » Alors, tu vois, le temps ne lui dure pas. Enfin, tant mieux, car cela me fait moins de peine de la quitter en la voyant rire. »

Comme elle sait bien dire ce qu'il faut, ma mère, pour rassurer mon père et pour se rassurer. Mais, au fond, est-ce qu'elle n'espère pas au moment du départ, de gros sanglots, un caprice, des adieux déchirants ? Mon indifférence est-elle feinte ou réelle ? Suis-je déjà savante à masquer mon chagrin pour épargner le sien ? Suis-je déjà consciente de sa fragilité ? Je la vois, tellement légère, prête à s'envoler, là, au bord du chemin, alors que je vais grimper dans cet autocar. Je dois lui rappeler quelle est sa place alors que je m'en vais sans faire de scandale. Les yeux secs, sans un murmure de regret. Juste un petit geste à travers la vitre. Et puis, zut, j'ai à peine quatre ans. Je veux rire. Je veux retrouver mes jouets, ma routine de petite fille. Ce soir, j'aurai mon père pour moi seule. Il va être là lorsque nous arriverons chez Grand-mère et il m'embrassera. J'occuperai la seule place où je suis sûre d'être en sécurité : ses genoux, son ventre chaud, ses bras qui m'entourent, son souffle sur mes cheveux. Et bien malin qui viendra me voler cette place !

Ma vie s'ordonne ainsi : des voyages auxquels « je prends goût » selon ma grand-mère, mes jeunes tantes comme des fées bienfaisantes et joyeuses, des grands-parents aux petits soins et mon père pour moi toute seule.

Il trotte, mon père ou , plus probablement, il pédale de l'Arsenal où il travaille à l'appartement de mes grands-parents où il vient me voir. Il pédale de Pierre-Bénite où il va chercher le gilet tout juste terminé par la Tatan Marie, tricoteuse émérite, à la blanchisserie pour prendre ses draps propres. Il court à Marsanne pour quelques heures de visite et de longues heures de voyage pleines de joie à l'aller et de tristesse au retour. Il emporte son poste TSF à réparer « chez Golliard » et c'est lourd. Il fait « bouillir sa lessive qu'il a réussie « impec », il fait son ménage. Il va rendre visite à sa mère. Il se bagarre avec le régisseur qui lui cherche des noises au sujet d'une reprise et d'un escabeau. Il lui écrit :« une lettre bien tapée, je te prie de le croire ».

Il va à la Mairie pour demander une aide pour financer la convalescence de Maman et apprend qu'il va y avoir une enquête et que l'aide risque de ne pas être accordée.

Il faut attendre une dizaine de jours pour savoir le résultat.

Il trouve le temps de servir de chaperon (ou d'alibi ?) à ses deux jeunes belles-sœurs.

Nous sommes partis à 5 au muguet : Monique, Georges, Denise et un prénommé José. J'ai bien hésité quand j'ai vu que la bande était au complet et puis, je me suis dit, ça me fera toujours une sortie. Mais, sitôt après le pique-nique, ils sont partis deux par deux.

Cela fait, qu'étant tout seul, j'ai ramassé mon bouquet et je suis rentré à Lyon tout seul. J'ai servi de couverture pour qu'elles puissent avoir la journée. Enfin, cela n'a pas beaucoup d'importance mais un peu plus de franchise n'aurait pas nui.

Il fait des petits boulots, va «arranger» la grille de Madame Alay «pour se faire quelques sous» pour «sa Michou».Il fait ses comptes. Les trajets à Marsanne coûtent cher :

980 francs rien que pour manger à trois, Monique, ta mère et Michou. Je vais prendre le car de 7h, 475 francs au lieu de 609. Il règle ses dettes *« 2000 francs à Monique »* mais *« enfin ce n'est pas mortel. L'essentiel est que tu ne t'ennuies pas et que tu prennes du poids et de belles couleurs. Profites bien du bon air pour te faire de bons poumons car à Lyon, les promenades sont plutôt au goût d'essence. Si tu n'as pas assez à manger, dis-le-moi»*

Il s'inquiète encore des dettes et des frais dans une autre lettre :

Si je comprends bien, je dois 2000 francs à Denise plus 2000 francs à tes parents. J'ai remboursé 1000 francs à ta mère, c'est tout ce que j'ai pu faire car, cette quinzaine, j'ai payé la location 2345 francs plus 1000 francs que je t'ai fait parvenir. Je veux bien aller te voir pour les fêtes mais je ne resterai pas les trois jours. J'en aurais au moins pour 5000 francs car ça ferait trois nuits et cinq repas, coût 2700 francs sans le service, plus mon train et les faux-frais. Je n'ai toujours rien reçu de l'AMG. Je vais y passer ce soir en sortant du boulot.

Simone est très fâchée de tous ces comptes :

Mon chéri, j'ai reçu ta lettre ce matin et tu ne peux pas savoir comme elle m'a fait de la peine. J'ai bien pleuré. Voilà combien de lettres où tu me parles de l'argent, toujours de l'argent. Il n'y a donc que cela qui compte ! Crois-moi, ce que j'ai emprunté je ne l'ai pas gaspillé :

Pension pour quinze jours : 2175 francs

Remèdes et repas de Denise (qu'elle va me rembourser) : 795 francs

Train et car avec valise : 609+105

Plus ce que j'ai dépensé en supplément beurre, papier à lettres, timbres et un morceau de savon. Je n'ai pas acheté un seul nougat et je peux t'assurer que je ne suis pas dépensière. Je fais assez attention.

Je te quitte, je ne peux plus écrire. Reçois, mon mari chéri mes plus doux baisers et mes plus tendres caresses. Je t'aime plus que tout. Tu es tout pour moi.

Je n'ai pas de nouvelles de ma fille. Je suis un peu inquiète. J'ai toujours peur qu'elle soit malade. Ecris-moi vite pour m'en donner. Peux-tu me faire apporter de l'eau de Cologne ? Je n'en ai plus et comme je vais aux douches tous les jours, je me frictionne pour me réchauffer.

Ta Mone qui te serre bien fort dans ses bras.

Mon père va aussi au jardin «*où l'herbe n'oublie pas de pousser*» et il écrit des lettres et des lettres d'une belle écriture penchée, des lettres débordantes d'amour et d'attention pour sa Mone et pour moi lorsqu'il oublie ses problèmes d'argent.

Sitôt finie ma lettre, je monte chez tes parents. Je me dépêche, j'espère voir ma fille avant qu'elle dorme. Il est déjà 8h et demi. Ta mère va la coucher de bonne heure.

J'ai vu notre petit diable qui, quand je suis arrivé était en train de manger son nougat. Elle ne s'en fait pas ! Elle s'est bien amusée puis, après avoir fait son tour de mimis, elle est partie se coucher.

A Marsanne, Simone compte les jours, se désespère des jours de pluie, se désespère de ne pas prendre de poids, se désespère de n'être toujours pas enceinte. Elle pleure sur les lettres au risque de délaver l'encre des mots.

Ma chérie, je vois que le moral n'est pas des meilleurs. Je comprends bien que le mauvais temps n'est pas agréable mais, ma grande, ne sois pas triste. Tu dois bien comprendre que ce n'est pas par plaisir que je voudrais que tu restes un peu plus à Marsanne. Tu dois prendre des forces. Tu étais bien anémiée. Ne prends pas le cafard pour un peu de pluie. Tâche de bien passer ton temps. Sois tranquille, ma chérie, ton Mau ne t'oublie pas. Moi aussi, je voudrais bien être près de toi mais c'est un mauvais moment à passer. Allez, vite, un petit sourire. Prends bien les remèdes que la Sœur te donne. Le docteur doit avoir une certaine expérience des convalescentes. Il faut avoir confiance.

En rentrant ce soir, je suis vite redescendu pour prendre tout ce que tu me demandes. Je pense que je n'ai rien oublié. J'ai pris tes chaussettes chez la petite mercière, rue Paul Bert.

Ne pense pas toujours à ta fille qui va bien, ni à moi qui me débrouille bien. Je t'envoie un peu d'argent. Tu me diras si c'est suffisant.

Ton mari qui t'aime et t'envoie ses plus doux baisers.

Prends la vie comme elle vient. Chasse vite ce vilain cafard. On rattrapera le temps perdu en se chérissant très fort. Je t'envoie tout mon amour.

Michou est sage sauf pour la soupe. Il faut lui faire mille singeries pour qu'elle se décide à la manger.

Un jour, Grand-mère pose des assiettes à soupe sur la table, à midi. Horreur ! Erreur ! Panique ! Elle raconte :

Ce soir, j'attends Maurice. J'ai fait un pot au feu pour avoir de la viande pour le souper. Comme c'est notre habitude, à midi, je donne un peu de bouillon sur du pain. Si tu avais vu Michèle, tu te serais bien amusée. Quand j'ai mis la table avec les assiettes à soupe, elle retirait les assiettes et les remettait dans le buffet. J'avais beau lui dire que je lui donnerai un œuf à la coque de la poule de Madame Sibert, elle en pleurait presque et nous, on riait, tu penses. Elle était bien drôle.

Brave, bonne Grand-mère. Elle veille à tout et sur tous et s'en remet toujours à Dieu pour tout arranger. A sa façon à elle, bien sûr ! Avec un peu d'eau bénite de Lourdes pour aider. Elle y va chaque année en pèlerinage mais cette année 51 est particulière. Je suis là, à sa garde, et les voyages à Marsanne l'occupent beaucoup.

Je regrette bien de ne pas aller à Lourdes pendant le pèlerinage de la paroisse parce qu'il a lieu pour la Fête-Dieu et c'est le plus beau jour. Nous irons au mois de juin. On décidera quand tu seras de retour.

Pour la Fête-Dieu, nous irons donc à la belle église Saint Vincent de Paul. Elle est flambant neuve, blanche et rose comme un gâteau. Elle a été détruite en 44, par les bombardements américains qui visaient la voie ferrée voisine, puis reconstruite à l'identique. Me voilà, tout de blanc vêtue, avec un panier recouvert de tissu accroché à mon cou par un ruban. Je devrai suivre les autres enfants en procession et jeter des pétales de roses sur le chemin vers l'autel. Je suis pénétrée de mon importance et de ma mission. Grand-mère est radieuse, élégante dans son tailleur chic, coiffée d'un joli chapeau. Les chants s'élèvent sous la voûte. Le Bon Dieu ne peut que les entendre et exaucer nos prières. Un petit garçon pour Simone...

Un jour, mon père me trouve déguisée en communiante ! Ma grand-mère a sorti du papier de soie la robe qui a servi à ses quatre filles et l'a ajustée à ma petite taille.

Si toutefois le Bon Dieu est sensible au costume, ça ne peut pas nuire !

Elle a, dans sa chambre, un petit autel à Sainte Bernadette et à Sainte Thérèse de Lisieux. Elle me montre les images, elle fleurit le vase et récite ses prières. Avec son doigt trempé d'eau bénite, elle dessine des croix sur mon front. Double-ration si je fais mine d'être malade. Elle m'assure de la présence de mon Ange Gardien perché sur mon épaule droite mais gare au petit démon qui ricane du côté gauche... Elle tente de me faire réciter le « Je vous Salue Marie » et le « Notre Père » en égrenant son chapelet béni à Lourdes.

Messes, vêpres, communion privée, communion solennelle, confirmation, rameaux bénis, musique, chants célestes, chasubles brodées, ciboires d'or, apparat, processions et encens...

Je prends tout cela avec émerveillement et désinvolture. Dans mon esprit toute cette magie se confond avec les belles histoires que Grand-mère me raconte lorsque le culte, le ménage et les voyages à Marsanne nous en laissent le temps. J'ai reçu, en cadeau, un grand livre illustré où Barbe Bleue égorge ses femmes et où Saint Nicolas sauve les trois enfants mis au saloir comme de vulgaires petits cochons. Sur les images, les parents abandonnent leurs enfants dans la forêt, l'ogre boulotte ses filles, une peau d'âne sert de manteau à une merveilleuse demoiselle, une sorcière édentée ricane en offrant une pomme empoisonnée à une belle jeune fille, des serpents sortent de la bouche de la princesse et le loup dévore une grand-mère... Rien que de très normal ! Et bonne nuit Michou !

Mes grands-parents sont très préoccupés en ce printemps. Leur fille aînée est en Maison de repos, bien maigrichonne et en mal d'enfant, et leurs deux cadettes n'en font qu'à leur tête. Heureusement Gilberte vient d'épouser Georges, un très catholique et très français boulanger, fils de boulanger. C'est ma jolie marraine qui leur cause des soucis. Elle n'a que 18 ans mais la voilà qui vient de tomber amoureuse d'un bel Italien. Il a 18 ans lui aussi ! « Des gamins » se lamente ma Grand-mère. « Un macaroni » s'insurge mon Grand-père.

— On les connait les Italiens, ils ont vite fait de retourner leur veste ! D'abord avec Hitler puis ensuite avec nous !

J'ouvre grands mes yeux et mes oreilles et je suis curieuse de rencontrer ce personnage dont on parle tant et qui porte sa veste à l'envers ! J'observe ma rieuse marraine. Elle a de bonnes joues roses, des jupes qui tournent sur ses mollets ronds. Je l'adore et je sens bien qu'elle est heureuse avec « son Italien ». Grand-mère ne veut rien savoir et est bien malheureuse d'autant plus que Denise, fréquente, quant à elle, un Espagnol ! « La France est un pot de chambre » se lamente Grand-père dans son langage fleuri. Grand-mère récite des neuvaines et fait brûler des cierges pour obtenir de sa fille qu'elle cesse de fréquenter «son gamin ». Simone écrit des lettres à sa sœur pour tenter de la convertir aux idées des parents.

Mais Monique est amoureuse et se met à organiser son mariage avec son bel Italien. Elle se sent accueillie dans cette joyeuse famille de musiciens, prompte à chanter au son de l'accordéon. Elle trouve un clan, une Mama avec des rondeurs rassurantes et une tendresse sans calcul , loin de la sécheresse maternelle. Elle trouve trois frères, elle qui n'a eu que des sœurs. Elle oublie les prières et les passages obligés à l'église. Ils sont communistes ! De ces communistes d'après-guerre qui rêvaient d'un monde idéal de fraternité et de partage. Détail qui n'est peut-être pas encore parvenu aux oreilles de ses parents. De quoi les achever !

Grand-mère n'en démord toujours pas. Elle se désole de concert avec Grand-père dans une lettre adressée à ses trois autres filles :

Il n'y a pas que moi qui ne veux pas de ces fréquentations. Si « elle » avait été gentille et respectueuse avec moi et si, « lui » avait fait son service militaire, on lui aurait donné notre consentement. Je lui ai dit qu'on n'arrange pas un mariage comme ça, seule, et que, de la manière dont ils ont opéré, nous n'irions pas à son mariage. Ce n'est tout de même pas quand tout est décidé qu'on avertit son père et sa mère. Bien entendu, si Papa ne veut pas lui céder, personne n'ira à la Mairie mais nous irons à l'Église pour prier pour elle et c'est tout. Son futur a eu le toupet de me dire d'aller voir ses parents pour s'entendre pour le repas. Qu'il n'y compte pas. Ils pensent à leurs intérêts. C'est des malins. Ils ne sont pas Italiens pour rien.

Je suis bien peinée et ma douleur est grande de voir que Monique n'a pas compris et s'engage ainsi à la légère. Je vous demande de ne pas trop abandonner votre sœur. Si elle vous demande pour son mariage, ne refusez pas ou dîtes-lui que vous ferez « comme Maman fera ou dira ». Montrez lui que vous aimez Maman et que vous prenez encore conseil d'elle. Faites-le, non seulement pour moi mais pour elle. Pour qu'elle comprenne qu'on ne traite pas ses parents comme elle a fait jusqu'à maintenant.

Et encore, dans d'autres lettres adressées à Marsanne :

« Michèle a été très sage dans le train, comme une grande fille. A 10h nous étions à la maison. Nous n'étions pas attendus gracieusement. Ces demoiselles n'ont fait aucun mouvement. C'est Papa qui a déshabillé Michèle. Un chien nous aurait mieux reçu, j'ai le cœur bien gros. »

« Monique et Denise ne changent pas envers-moi. J'en suis meurtrie et désolée, complètement »

Malgré meurtrissure et désolation, le mariage de Monique et Georges eut lieu quelques mois plus tard. Par ce beau jour d'été, je me suis bien amusée avec une petite

Italienne, une brunette de mon âge. Vêtues de froufroutantes robes blanches, nous avons croqué des dragées, cachées sous la table des mariés. Il y avait beaucoup de bruit, de la musique, des chansons et Grand-père a disputé sa première partie de boules et pas mal de bons verres avec un Italien, finalement très fréquentable, le père de ce « gamin », finalement très sympathique.

Grand-mère devait faire un peu la tête. On n'abdique pas comme ça !

A Marsanne, le mois de mai s'étire, infiniment long. Maurice fait ce qu'il peut pour réconforter sa Mone toujours désespérée :

Je te prendrai des livres et du chocolat et un peu de beurre. Je ne sais quoi t'apporter si ce n'est tout mon amour et ma présence. J'espère, mon petit lapin, que tu es moins énervée. Bien sûr, le temps commence à te durer.

Enfin, le 20 mai :

C'est la dernière lettre que je t'envoie. Tu me dis que tu as été déçue de ne pas être à nouveau maman. Ne regrette rien, ma chérie, c'est que cela doit être ainsi. Il y a encore des jours devant nous et puis, je voudrais bien que tu prennes un peu de poids et tu auras assez à faire avec ta fille car elle n'a pas gagné en sagesse. Ce n'est que caprice sur caprice !

J'irai t'attendre à la gare. Tu seras près de moi, ma chérie, le soir même. Tu n'iras chercher ta fille que jeudi.

4 - Le grenier

En juin 1952, innocente des événements qui se préparaient, j'ai retrouvé mes grands-parents, le jardin de Grand-père, les pommes de terre sautées de Grand-mère et sa soupe du soir.

— Maman repart à Marsanne ?

— Non, non, elle est juste un peu fatiguée. On ira bientôt la voir. Et toi, est-ce que tu voudrais aller à l'école ?

J'allais sur mes cinq ans et je ne connaissais rien de l'école. Maman avait refusé de me livrer à la jungle de la « Maternelle », bien capable de s'occuper de moi, tout de même ! Il me faudrait pourtant aller au CP dès la rentrée. Grand-mère, soucieuse de me sortir un peu du cocon étanche où j'étais, de l'avis général, « trop couvée », alla donc m'inscrire pour la fin du mois de juin à la « petite école ».

Elément rassurant pour tous, la fenêtre de la cuisine de mes grands-parents donnait sur la cour de récréation. Grand-père s'installait, à heure fixe, sur sa chaise, à son poste d'observation avec son paquet de tabac gris, son papier Job et son Progrès sur les genoux. Sitôt installé, on pouvait l'entendre râler :

— Regarde moi ça ! Ça discute, ça rigole et ça surveille rien ! Il y en a un qui se fait tabasser, personne ne bouge ! Et l'autre, perché sur la barrière, il va tomber. Et vlan, un genou couronné ! Tu crois qu'ils vont le soigner ? Que dalle ! Et ça serait pas bientôt l'heure de rentrer ? Elles sont trop longues ces récréations. Ça s'excite au bout d'un moment les gosses !

Et ainsi de suite…à chaque récréation.

Je me sentais assez indifférente à tout cela jusqu'à ce jour de juin où, socquettes blanches bien tirées et barrette bien ajustée , confiante sous l'œil protecteur de Pépé, là-haut à sa fenêtre, je rencontrai la félonie en la personne de Solange, la fille des bouchers de la Route de Vienne.

Une main cachée derrière le dos, cette poison me dit : « Ouvre la bouche et ferme les yeux ! » Ce truc-là, je connaissais, c'était un Sésame pour obtenir un bonbon qu'on vous glissait dans le bec. Magique ! J'obéis donc avec empressement… pour me retrouver un instant plus tard, suffocante, une pleine poignée de sable dans la bouche. J'ai craché tout le sable et ma colère avec. J'étais furieuse de m'être laissée prendre à ce piège grossier. Oubliant toute dignité, je suis allée me réfugier près des maîtresses en pleurant. J'avais perdu toute confiance en mon prochain.

Grand-mère changea de boucher et ce fut ma seule journée d'école maternelle.

Il était tout de même plus doux de faire des parties de domino et de jouer à la bataille de cartes avec mon grand-père. Il trichait pour me laisser gagner et, moi, je faisais semblant de ne pas voir qu'il trichait. Plus doux d'écouter les histoires de Grand-mère et d'aller avec elle jusqu'au Pont du Chemin de fer pour voir passer les trains. Je devais lui tenir la main. La bête arrivait en soufflant, sifflant, dans un bruit assourdissant. Le nuage de fumée cachait le paysage quelques instants puis s'estompait. Ressurgissaient alors, les maisons de la rue des Cheminots, toutes identiques, avec leur jardinet bien entretenu. Lorsque le bruit de la locomotive s'apaisait on pouvait entendre celui des tampons, le grincement des aiguillages et les appels au haut-parleur du dépôt de la Mouche. C'est là que Grand-père avait travaillé. La légende disait qu'il avait participé au sabotage de quatorze machines pour paralyser l'action des troupes nazies pendant la guerre. Il n'en parlait jamais.

Lorsque j'ai regagné le grenier, vers la mi-juin, j'ai trouvé mon berceau occupé par une minuscule chose rouge, entortillée dans des couches de lainage blanc. On m'a dit que c'était ma petite sœur. Moi, j'ai voulu savoir où j'allais dormir désormais. Maman m'a désigné le divan, au pied du lit conjugal. Une sorte de long fauteuil recouvert d'un tissu rêche et poussiéreux, de couleur bordeaux. Des reliefs formaient des dessins de losanges symétriques. Je m'y enfonçais pour gagner quelques centimètres. Plus tard, lorsque nous avons grandi, Papa a dû rallonger le berceau de deux planches de contreplaqué et déboîter le pied du divan. Il est devenu alors impossible de fermer la porte de la chambre. Je me suis habituée à ma nouvelle niche. Lorsqu'il se mettait à faire chaud, sous les toits, je collais ma joue sur la paroi lisse du pied du lit de mes parents pour me rafraîchir.

Ma sœur fut baptisée le 20 juillet. Curieusement, mes parents lui choisirent pour parrain notre grand-père. Il portait le prénom de Marie avant son prénom d'usage : Daniel. Comme tous ses frères et sœurs et comme beaucoup d'enfants nés à la fin du XIXème siècle, il avait été voué à la Vierge et habillé de bleu pendant sa première année. La foi de sa mère l'avait, disait-il, sauvé, ainsi que ses deux frères, de la grande boucherie de la guerre de 14.

Ma petite sœur s'appela donc Danièle. Pour deuxième prénom on lui attribua Thérèse ! Grand-mère s'était fâchée de la distinction accordée à son mari. Elle savait si bien pleurer, jouer les victimes, culpabiliser sa fille, prendre une pitoyable mine grise tout en affirmant que tout allait bien et qu'il ne fallait pas s'inquiéter pour elle, qu'elle réussit à parvenir à ses fins. Elle fut adoubée marraine ! Elle sortit son plus beau chapeau et posa pour la photo avec un grand sourire. Maman put dormir tranquille. Provisoirement. Elle ne se doutait pas de tous les reproches qu'allait lui faire Danièle pendant toutes ces années où elle se vit privée des cadeaux que, traditionnellement, offrent les parrains et marraines à leur filleul. La famille s'agrandissait vite et, selon mes grands-parents, leurs huit petits-enfants devaient se partager équitablement... l'absence de tout cadeau !

J'observe cette cérémonie de baptême avec toute la curiosité possible. Que de gestes étranges ! Aux signes de croix que je connais, s'ajoutent le sel sur la bouche et l'eau sur la tête de ma sœur. Sa petite bouche se tord. Elle pousse de grands cris qui résonnent dans l'église vide. Elle est vêtue de la longue robe blanche, organdi et dentelle, une robe qui a déjà servi et qui servira encore, si Dieu le veut... Le prêtre, magnifique lui aussi, psalmodie et questionne la modeste assemblée. Des murmures répondent. Il ajoute le Saint Chrême, marmonne encore quelques paroles. On remet son bonnet à Danièle qui s'est endormie après toutes ces émotions. Tous ces gestes inédits s'impriment dans ma mémoire. Je suis pénétrée de l'importance de ce moment. Grand-mère m'a expliqué : ma sœur est désormais « enfant de Dieu ».

Pour consolider le sacrement, j'eus l'idée, quelques jours plus tard, de répéter les gestes du prêtre. J'ai pris une pincée de sel à la cuisine et je suis allée la poser sur les yeux de ma sœur qui gazouillait dans son berceau. A la clameur qu'elle a poussée, j'ai compris que c'était bien réussi ! Maman accourue près du bébé n'a pas eu le même sentiment. Elle a pensé que je voulais supprimer ma sœur ! Je fus désignée « jalouse » et fort fâchée d'être aussi mal comprise. J'ai essayé de plaider « non-coupable » mais la trace de mes doigts étaient dans la salière. J'ai dû m'incliner devant les preuves. Ruminant ma déconvenue, je n'ai pas cherché à m'expliquer et j'ai endossé mon rôle de jalouse. Papa, mis au courant dès son retour de l'usine, ne m'a pas grondée. Qui ne dit mot consent. J'avais gardé mon plus précieux allié. Je pouvais abandonner ma mère à ce nouvel enfant. Moi j'étais grande, j'allais rentrer à la « grande école », j'allais apprendre à lire, quelle merveille, quelle compétence magique, infiniment supérieure à ces balbutiements de nourrisson. Mon père m'aimait toujours. La vie restait belle.

Au CP de l'école de la rue Mazenod, nous sommes 45 ! 45 petites filles en tabliers écossais. Je suis perchée au dernier rang, sur le banc d'un bureau trop haut pour moi. Mes pieds ne touchent pas le sol mais j'ai une petite vue sur le tableau noir où Mademoiselle Pillon dessine chaque jour une nouvelle lettre, en écriture script. Nous devons la reproduire d'abord sur l'ardoise avec le « crayon d'ardoise » qui grince à faire grincer les dents puis au « crayon à papier » sur nos cahiers. Mademoiselle Pillon nous fait découper des silhouettes en ribambelle pour illustrer le poème de Paul Fort « Si tous les gars du monde voulaient se donner la main ». Une poésie de paix pour cette femme qui a connu la guerre et qui n'a pas encore changé ses habitudes du temps des restrictions. Elle trace des lignes sur la couverture des cahiers pour les utiliser jusqu'au bout du bout et retourne les enveloppes pour qu'elles servent deux fois ! Mais elle n'économise pas son courage pour nous apprendre à lire. Nous ânonnons ensemble les mots qu'elle nous montre avec sa baguette et que nous connaissons bien vite par cœur.

Un jeudi, une révélation percute mon cerveau. Nous sommes dans le bus N°12, direction le Grand-Trou, chez nos grands-parents, ma sœur sur les genoux de Maman, moi le nez collé à la vitre. Des affiches publicitaires couvrent les murs. Soudain, là, derrière mes yeux, quelque part sous mes cheveux, les lettres s'assemblent, forment des mots qui forment des phrases ! Je suis bouleversée, estomaquée, euphorique ! Je sais lire ! J'apprends que « La vache qui rit est la meilleure des crèmes de gruyère » et que « Persil lave encore plus blanc ». Je passe un long moment à déchiffrer les messages écrits dans le dos des bonhommes Ripolin qui s'affichent sur la vitrine du droguiste pour « une peinture brillante qui résiste aux intempéries ». Je sais lire ! Depuis cet instant inoubliable, je n'ai de cesse de déchiffrer tous les emballages tellement généreux en messages de toute sorte. Je passe le repas à décortiquer les phrases du sachet de sel ou du paquet de biscotte. Les boîtes de médicament me donnent du fil à retordre mais aussi une satisfaction de scientifique chevronnée. Bientôt, je vais m'attaquer aux livres qui m'ont été lus cent fois. Je découvre qu'on ne m'a pas menti. Toutes les histoires sont bien là, telles que je les connais. Ainsi le vaste monde s'ouvre. J'en ai les clés. Et si j'écris « Mémé Minou » au dos de sa photo ce sera comme l'embrasser encore une fois.

J'adore l'école. Au CE1, chaque jour apporte sa surprise. Des volcans surgissent de la mer qui, elle-même, se retire et revient au rythme des marées. Les graines de lentille poussent sur le coton humide. La pluie s'en va en rivières à la mer qui s'évapore en nuages pour mieux retomber en pluie. Nos poumons respirent. Notre estomac digère. Notre sang circule. Toutes les créatures ont un nom et connaître ce nom c'est devenir vivante, un peu plus chaque jour. J'engrange en boulimique tout ce qui se dit en classe. Je dévore à belles dents tout ce que je lis et je m'en repais en ogresse affamée. Ma Tatan Marie m'a offert

« Mon premier Larousse en couleurs », un lourd album rectangulaire bourré à craquer de tous les mots possibles, des verbes conjugués, des expressions et des proverbes et de magnifiques planches illustrées sur de multiples sujets. Dès la journée d'école terminée, je passe mon temps, le nez dans mon dictionnaire, à me gaver de mots. A la lettre P, il y a une double-page avec un paysage. D'un seul regard, j'embrasse les montagnes, la mer et le fleuve, les routes, la plaine et le port, un viaduc, un château-fort. Je vais au zoo, au cirque, en Afrique ou au Pôle Nord. Je voyage dans le temps et dans l'espace depuis mon grenier. J'apprends à définir la colère, la tristesse ou l'affection. Les verbes m'emportent du passé au futur. Tout peut être dit, donc tout prend réalité. Je deviens, à sept ans, mot après mot, sûre de mon existence et de la réalité de ce qui m'entoure. Le monde s'ordonne, harmonieux et serein puisque je sais désormais le nommer, puisque, grâce aux mots, je peux mettre en relation les idées et les objets, les pensées et les actions. Je vis dans ces pages des régals, des festins. Je commets des orgies de mots. Je suis riche comme Crésus !

Avant la découverte du dictionnaire, je griffonnais des dessins et des messages que je cachais un peu partout dans la maison, souvent dans mon cheval sans tête. Je cachais aussi des bonbons. Leur découverte, un jour, par hasard, devait me prouver que j'existais déjà au moment où je les avais cachés et que, magiquement, si j'en cachais un autre et un autre, ils devraient ressurgir à mes yeux, plus tard, quand je serai vieille, vers huit ou neuf ans, pour me prouver que j'existais encore. Les bonbons devenaient immangeables, restaient collés au papier. Fragilité de la matière quand elle n'est que du sucre ! Mon dictionnaire, lui, est indestructible. Et moi avec ! L'énergie bouillonne à un point effrayant dans ma tête et dans mon corps. J'ai un appétit gigantesque à rester vivante. Mais j'ai aussi le sentiment que cet équilibre incroyable qui fait que je bouge, que je parle, que j'élabore des raisonnements de plus en plus compliqués, tient de l'impossible ou du moins de l'inexplicable. Je cherche. Je dois trouver.

L'écriture est plus laborieuse. Il faut tremper la plume Sergent-Major dans l'encrier de porcelaine puis, les doigts crispés sur le porte-plume de bois, il s'agit de réussir des lignes de lettres, une dictée ou une opération. Souvent, un « pâté » s'invite sur la page ! Gare à l'idée qui pourrait venir de l'effacer avec le côté bleu de la gomme. Il en résulterait un trou, la honte absolue, qui me vaudrait d'avoir le cahier accroché au dos et de passer la récréation « au piquet » contre le mur de la cour. A la récré, je préfère courir à perdre haleine avec mes copines, Nicole, Mireille et Christiane. Lorsque la journée se termine, la maîtresse passe dans les rangs avec son « tampon » de circonstance : feuille de platane en octobre, pêcheur au bord de l'eau en mai. Un joli dessin apparaît. Il ne reste plus qu'à le colorier sans « déborder ». La classe est calme. C'est l'endroit où je suis bien, où je me sens sereine et à ma place.

A cinq heures, Maman vient me chercher, avec ma sœur dans sa poussette. Nous rentrons en faisant un détour par le Prisunic de la Place du Pont. Une caverne d'Ali-Baba remplie de tous ces objets que nous n'achèterions pas mais que nous pouvions examiner, et même toucher, sans payer ! Maman soulève les foulards de nylon qui retombent comme autant de nuages colorés. Elle regarde le prix des bas et, finalement, se décide pour trois petites culottes puisque les miennes sont décidément hors d'usage. C'est le seul vêtement qui échappe à l'artisanat couturier de la famille. Tout le reste est cousu ou tricoté main, en particulier les horribles chaussettes de laine beige striée de noir, qui grattent les mollets et dont les coutures blessent les pieds. Un astucieux élastique les maintient en place et me scie les dits-mollets. Je donnerais tout pour posséder ces délicates choses, blanches et fines, fabriquées industriellement. Mais il ne faut pas vexer la Tatan qui tricote tant et tant, toute seule dans sa grande maison.

Je porte un corset ! C'est bien un produit manufacturé mais je le déteste. Ce vestige du XIXème siècle a pour mission de m'éviter la scoliose. En satin rose, avec des baleines cachées sous les ganses et de petits rubans ici ou là, une véritable pièce de musée ! Les jours de visite médicale sont fréquents et me terrorisent. Une fois par an, nous devons subir la pesée et l'inévitable « cuti » qui risque de révéler une contamination à la tuberculose. Je dois donc me dévêtir. Mon effeuillage ressemble à l'épluchage de l'oignon : gilet de laine, tablier, chandail, chemisier brodé à déboutonner, jupe, chaussettes, tricot de peau et enfin, le corset ! Je remporte un franc succès auprès des quarante filles qui se trémoussent en petite culotte. Même rhabillée et reboutonnée jusqu'au dernier bouton, je me sens toujours en guêpière ! Heureusement, mon dos est resté bien droit et mon tour de taille s'est suffisamment arrondi pour que le corset soit abandonné au seul rôle qu'il n'aurait jamais dû quitter, celui de pièce de musée.

Ma sœur grandit et devient plus intéressante. J'ai besoin d'elle pour organiser ma classe. Elle doit rester tranquille sur sa petite chaise pendant que je pérore au tableau noir en imitant les maîtresses. Je viens de rencontrer mon premier succès littéraire ! J'en connais la date exacte : le 9 décembre 1954. La mode pédagogique était aux «textes libres» que nous devions écrire sur un sujet de notre choix pour les lire ensuite devant la classe. J'ai donc écrit, avec quelques fautes d'orthographe, ce joli « texte libre » :

« Hier au soir, je suis partie aux Illuminations avec mon Papa, ma Maman et ma sœur. Il faisait froid mais les petites lumières au rebord des fenêtres nous réchauffaient. Il y avait des guirlandes de lampes dans les rues. J'ai vu la vitrine du pâtissier avec un gros château en sucre et aussi celle du boucher avec des moutons et des agneaux vivants. Ils avaient de l'herbe à manger. C'était beau mais ce qui m'a fait de la peine c'est qu'ils allaient être tués le lendemain. »

Mon succès s'est étendu à la classe voisine où j'ai dû aller lire mon texte. Je n'en pouvais plus de fierté !

Les promenades dans les rues glacées de notre quartier étaient des voyages magnifiques. Nous étions serrées dans nos manteaux sous lesquels Maman avait empilé toutes les couches de lainage possible. Le bonnet et l'écharpe ne laissaient apparaître que nos yeux. Le soir du 8 décembre nous conduisait d'une vitrine à l'autre, d'une merveille à l'autre. Les pâtissiers faisaient concurrence d'habileté pour construire des cathédrales de sucre et de nougatine. Les charcutiers les réalisaient en saindoux et les installaient parmi les faisans somptueux et les cochons de lait laqués. D'un immeuble à l'autre, couraient les guirlandes lumineuses. A toutes les fenêtres, les flammes des bougies vibraient au vent, projetant leur flamme mouvante pour habiller de lumière tous les bâtiments de la ville. Avant de quitter la maison, nous avions mis les lumignons à la fenêtre. Allions-nous les retrouver allumés en rentrant ? Encore vivants pour encore un peu de fête dans nos yeux ?

Le rituel du samedi soir était, lui aussi, magnifique. Nous partions, tous les quatre, « faire les commissions ». Dès le coin de la rue de Créqui, les parfums de caramel et de bois chaud emplissaient l'air. J'attrapais à pleins poumons la plénitude et l'amertume du café torréfié. Je restais fascinée, réchauffée au brûlot, enivrée de senteurs, devant les grains qui sautaient dans leur manège accompagnés d'un bruit de grelots légers. Le rectangle de la vitrine encadrait les alignements de boîtes de thé laquée de rouge et de noir, leurs couvercles bombés, leurs mystères exotiques. Les sacs de jute, posés au sol, ouvraient leurs grandes bouches bien ourlée sur tous les grains possibles : pois cassés, vert amande, délicats, si parfaits de forme, haricots tigrés de rose, lentilles qui cascadaient joliment sous les doigts pendant que Mr Térisse remplissait, au gramme près, le sachet en papier brun de la précieuse provision de café. Les 250 grammes devaient être tenus bien fermés, ce diable de nectar ne songeant qu'à s'échapper. On achetait aussi un paquet de Chicorée pour les jours de semaine. Je méprisais la Chicorée, chichement émiettée, tassée à l'étroit dans un pauvre emballage terne. Nous quittions Térisse pour aller au « Bon Lait ».

La crémière était délicieuse, vive, jeune, le sein rond et blanc sous son corsage de nylon. Il fallait rapporter la bouteille de lait, vide et bien rincé, les pots de yaourts aussi. Elle les plaçait dans des casiers et nous donnait une bouteille pleine, cachetée de sa capsule bleue et des fromages frais qui passaient de leur faisselle chromée à notre boîte et se retrouvaient illico recouverts d'un généreux lac de crème jaune. On se quittait avec des rires et des plaisanteries, sûrs de revenir bientôt. La bouchère, sa voisine, était une virtuose du rôti de bœuf ficelé. Papa en commandait un pour le plaisir de voir ses mains virevolter à toute allure autour de la viande. Elle entourait et nouait d'un seul geste la ficelle blanche pour dessiner le plus régulier des quadrillages, hissant au rang de chef d'œuvre le rosbif du dimanche. « A manger bien saignant ! Au revoir Msieurs-dames ! »

Certains soirs, nous poussions plus loin. Il fallait alors traverser la Place Voltaire. Je serrais les fesses. Je serrais la main de mon père. Je marchais droit en tâchant de regarder en face mais mes yeux ne pouvaient ignorer ces sortes de monstres hirsutes qui peuplaient les bancs sous la lumière pauvre de quelques réverbères. Les clochards en loque crachaient, gueulaient, aspiraient leur vin à grandes goulées pour vider la bouteille qu'ils jetaient au hasard et qui s'en allait rouler au pied du banc voisin. Leurs sacs épars débordaient de chiffons et de frusques débusquées à coups de crochet dans les poubelles environnantes. Leur odeur abominable persistait dans mes narines alors que nous avions enfin abordé l'autre rive de la place. La Rue Paul Bert s'ouvrait à nous sur des profusions réconfortantes et joyeusement illuminées. Nous étions sauvés !

Il nous fallait l'atmosphère ronde et paisible de la pharmacie pour reprendre pied dans le monde heureux du samedi soir. Le comptoir en bois verni était surmonté de deux bonbonnes de verre ventrues, remplies, l'une d'un liquide ambré, l'autre d'une eau d'un bleu de glacier. D'un ravissant robinet d'or coulait le parfum des anges qui allait nous réchauffer lorsque nous sortirions de notre baignoire et aurions été dûment étrillées. Nous achetions aussi des feuilles d'eucalyptus. Posées sur le poêle, elles devaient nous protéger des rhumes.

Juste en face de la pharmacie, se trouvait la poissonnerie où les morues séchées, feuilles de carton jaunes et raides, voisinaient avec des grappes de moules luisantes. Les parfums d'algues et la vigueur de l'iode nous cueillaient au passage et nous accompagnaient un moment, petite plage des rues de l'hiver. Il était interdit de s'arrêter devant la vitrine du « Magasin du Père Noël » qui pourtant regorgeait de tout ce dont nous pouvions rêver. Hélas, la propriétaire de ces merveilles était aussi celle de notre appartement, la détestée «Probloc » qui nous faisait tant de misères et mangeait tous nos sous sans vergogne. Nous devions filer, la tête haute, indifférentes aux trains électriques qui gravissaient les montagnes et se croisaient indéfiniment au même endroit de la vallée.

D'autres contemplations étaient autorisées. Devant le magasin d'électroménager, une machine à laver tournait sans cesse. Maman rêvait en regardant les torchons multicolores qui dansaient dans l'eau pure. Chez nous, la lessiveuse chauffait sur le fourneau. Le linge devait bouillir avant d'être frotté à la brosse puis rincé à l'eau froide, à trois reprises, et enfin essoré et suspendu sur les fils de l'étendage qui courait tout le long de la cuisine. Aux beaux jours, elle se penchait à la fenêtre pour se servir de l'étendage extérieur. Maman rêvait aussi devant les réfrigérateurs remplis de produits factices plus appétissants que des vrais. Pour conserver le beurre, nous n'avions qu'une terrine en terre cuite remplie d'eau fraîche. Un attroupement se formait souvent devant la vitrine de ce même magasin, temple du luxe et de la modernité. En se contorsionnant, on pouvait apercevoir l'écran d'une télévision où s'agitaient les clowns ou les acrobates de la Piste aux Etoiles. Muets et en noir et blanc. Magiques cependant.

La boutique que je préférais était celle du libraire, un labyrinthe encombré de centaines de livres empilés du sol au plafond, sous une lumière jaune. Il vendait des livres neufs et d'occasion. Il en prêtait aussi, moyennant une petite somme. Je me faufilais avec délice le long des murs de romans, respirant l'odeur unique des livres, un mélange vieille encre et vieux papier, cuir fané et poussière. L'essence même de toutes les aventures cachées dans les pages jaunes qu'il fallait parfois découper pour atteindre leur cœur. Des cahiers neufs, de la colle blanche à l'odeur d'amande, des pastilles de peinture, d'irrespectueux taille-crayons en forme de fox à poils durs, des boîtes métalliques de six, douze et même vingt-quatre crayons de couleur étaient exposés sur une table, à portée de rêve. Nous allions dans l'arrière-boutique où attendaient les livres brochés, au papier épais. Le choix demandait de longues discussions où le plaisir de la lecture s'augmentait de celui de l'échange. Papa ressortait, riche d'un livre mais surtout d'un bon moment d'amitié avec « son libraire ». Moi, heureuse de le voir heureux.

J'avais hérité de toute la collection des livres de la Comtesse de Ségur de mes tantes. Bibliothèque rose, reliure jaune. Ma famille s'élargit à celle de Camille et Madeleine, les « petites filles modèles » et à celle de cette pauvre Sophie, enfant martyre de sa belle-mère, la terrible Madame Fichini. Je vivais au château avec elles, je courais dans l'allée gravillonnée du parc, j'avais des domestiques. Avec Sophie, je découpais les poissons rouges tout vivants ou j'oubliais ma poupée de cire au soleil. J'étais amoureuse de Paul et je tremblais à ses aventures lorsque, perdu dans la tempête, il faisait naufrage et que, recueilli par de bons sauvages, il se retrouvait sur une île où l'on survivait en buvant du lait de coco, où des feuilles d'arbre pouvaient servir d'assiettes tant elles étaient larges. J'ai lu et relu tant de fois tous ces livres, l'histoire du Pauvre Blaise et de sa sœur la courageuse Caroline, celle des Deux Nigauds, celle de l'âne Cadichon. Le Bon Petit Diable était mon héros. Il se collait des images de fées maléfiques sur les fesses pour effrayer cette imbécile de mère Mac Miche qui croyait à la sorcellerie, sorcière elle-même, prompte à punir l'innocent garçon. J'ai vécu à l'Auberge de l'Ange Gardien avec l'impressionnant Général Dourakine. J'ai rencontré des punaises dans les hôtels parisiens et j'ai cru mourir de la petite vérole avec Madeleine.

Je découvris le passé-simple ! Le sommet du chic ! Je peuplai mes écrits de « nous partîmes » et « nous arrivâmes ».

Je grandissais. Les livres me nourrissaient et m'emportaient. Ils prenaient toute la place dans ma vie. J'étais sur les routes enneigées, sans famille, avec Capi et Joli-cœur. Rémi était mon frère. Vitali nous protégeait. Mon petit singe avait pris froid et je sanglotais en lisant le récit de sa mort pour la troisième fois. Je me complaisais à ces moments de morosité, recroquevillée sur ma chaise, près de la table basse sous laquelle dormait un pigeon en porcelaine blanche. J'attendais. J'attendais que la nuit tombe, que l'obscurité gagne le fond de la pièce. Ma mère était à la cuisine avec ma sœur qui babillait. C'était leur monde. Le mien était dans les livres et dans l'attente du retour de mon père.

Au bruit de ses pas, la vie revenait dans mes veines. Je me précipitais pour plonger mon nez dans l'odeur de ses vêtements. L'usine avait laissé sur lui des remugles de ferraille mais peu m'importait. Il était là. Je devais agiter mes grelots, être belle et intéressante. Il avait besoin de moi. J'en étais persuadée. Un papa qui n'a pas eu de papa mérite une fille parfaite. Je voulais le soigner de tous ses maux passés et lui épargner ceux à venir. Je voulais être la meilleure des filles pour qu'il se sente un très bon père. J'imaginais en lui les meurtrissures de sa vie d'orphelin puis celles de la guerre et de la prison dans cette Allemagne fantasmée dont parlaient parfois les adultes, autour de moi. Il y avait encore, dans les rues, des immeubles en ruine et d'autres qui portaient des plaques indiquant « refuge pour quarante personnes », souvenir des alertes et des bombardements. J'étais frottée à la mémoire de ces années qui avaient précédé ma naissance, imprégnée à mon insu de leur violence. Et investie à l'égard de mon père d'une mission rédemptrice. Je voulais prendre à ma charge toutes ses douleurs, tous ses manques, toute sa fatigue du soir. Je voulais son sourire et son regard de tendresse.

Je m'installais à mon « bureau ». En réalité, une tablette rabattable qui était surmontée, elle-même, de l'étagère qui supportait l'aquarium. J'avais juste assez de place pour poser un cahier et une trousse, un encrier qu'il fallait surveiller de près. Là, je m'appliquais à calligraphier mon exercice et à illustrer ma poésie tout en la rabâchant pour la réciter « sans hésitation ni murmure ». J'étais ensuquée de chaleur dans un cocon de bruits familiers et d'odeurs de repas, amollie de bonheur. Dès que je me sentais prête, je récitais :

« Elle est toute petite, une duègne la garde,

Elle tient à la main une rose et regarde... »

Dans la cuisine, les fenêtres d'un palais s'ouvraient sur un parc aux arbres centenaires. J'étais la petite fille à la rose. Mon père m'aimait. Je l'aimais. Nous étions les rois du monde.

Un jour, mon Roi a gagné un stylo en or. Il avait travaillé, chaque soir, avec application. Il avait tracé des lignes, évalué la perspective, s'était renseigné sur tous les sujets, avait sondé beau-père et beaux-frères pour confronter les avis. Il s'agissait de répondre aux questions du Grand Concours du Progrès. Toutes les énigmes résolues, il avait fallu remplir la feuille de réponses et envoyer le tout au journal. Et quelle surprise ! Un magnifique stylo « à quatre couleurs », plaqué or, était arrivé à la maison ! Mon Roi était un savant.

Il était aussi le maître et l'administrateur des dépenses domestiques.

« On tire le Diable par la queue » « On n'arrive pas à joindre les deux bouts. » Ces phrases revenaient souvent dans la bouche de nos parents. Certains dimanches, nous devions aller chez nos grands-parents pour emprunter de quoi boucler le budget. Notre providentielle Tatan Marie participait, quant à elle, à de gros achats, une luxueuse canadienne doublée de mouton pour Papa, une cuisinière à gaz, nos cartables en cuir, un nouveau dictionnaire, des livres. Elle exerçait pour elle-même, « la privation », une sorte de sport qu'elle pratiquait quotidiennement, ne se nourrissant que de sa provision d'œufs ramenés de Cour, serrés dans une valise, et des poires de son jardin qui dormaient dans une chambre fraîche et pourrissaient à tour de rôle. Elle choisissait la plus malade pour son dessert du jour en attendant que celle qui avait encore bonne mine se mette à défaillir pour son dessert du lendemain. Mais elle nous gâtait sans limites. Les repas du dimanche, chez elle, étaient des festins et nous ne pouvions la quitter sans emporter tous les restes soigneusement emballés. Son bonheur était d'entrer dans une maroquinerie de luxe pour payer un cadeau qui devait durer une vie. Elle avait, pour cela, sorti des billets de leur cachette, un sac de tissu qu'elle portait accroché par une épingle à nourrice à sa « chemise américaine », sous son chemisier de soie. J'ai encore un nécessaire à couture et une trousse de toilette en cuir qui me viennent d'elle.

Le manque d'argent ne nous affectait guère. Nous avions chaud, nous mangions à notre faim même si, certains jours d'avant la paye, l'horrible soupe de pain, la bien-nommée panade, remplaçait la soupe de légumes.

Le confort moderne avait du mal à passer notre porte mais le Dieu de la société de consommation nous envoyait déjà son Ange, une fois par mois, en la personne d'un grand costaud sympathique qui grimpait nos quatre étages une grosse caisse de bois à l'épaule. C'était le livreur de « Chez Claudinon ». Cet épicier pratiquait des prix très intéressants et, avantage appréciable, livrait à domicile, sans rechigner devant nos quatre étages. Une soirée entière était nécessaire pour préparer la commande sur la feuille spéciale avec la colonne pour les prix et celle pour les quantités. A la fin, la commande ressemblait comme une sœur à celle du mois précédent mais tout le plaisir avait été de discuter et de décider ensemble : pâtes alphabet ou cheveux d'anges ? Petits pois fins ou extra-fins ? Menier ou Pupier le chocolat ? Menier pour les images ! Des biscuits Gondolo, « les biscuits qu'il nous faut » et Persil « qui lave plus blanc ». Le jour de la livraison, c'était la fête. Bien posées en évidence sur les provisions, il y avait deux sucettes-sifflets, une rouge et une verte. Nous nous en emparions aussitôt pour un concert assourdissant. Maman rangeait ses courses en musique ! A midi, nous pourrions ouvrir un sachet blanc et bleu des Seltinés du Docteur Gustin. Les petits grains précipités dans la bouteille d'eau du robinet la transformaient en un délicieux breuvage pétillant dont les bulles éclataient sur la langue. Champagne ! Si d'aventure on y ajoutait quelques gouttes de vin rouge, la boisson tournait au violet.

Ces livraisons auraient dû suffire à remplir les placards. Pourtant, il arrivait souvent que quelque chose manque au dernier moment pour préparer le repas. J'étais alors sollicitée pour aller acheter la plaquette de beurre, la farine ou les coquillettes indispensables. Bien sûr, je connaissais le chemin mais le parcourir seule était une autre aventure. Je partais munie du porte-monnaie, du filochon et de ces conseils :

« Fais attention à ne pas tomber dans les escaliers. Ne fais pas de bruit en passant devant chez la Probloc. Reste bien contre le mur des maisons, tout du long, jamais au bord du trottoir. Si une voiture s'arrête à ta hauteur, ne t'arrête pas, ne réponds pas si on te parle. Ne parle à personne. Marche vite mais sans courir... Noue bien ton cache-nez, il fait froid. Attache tes lacets.»

En apnée, la trouille au ventre, je parcourais les deux cents mètres qui me séparaient des commerces en me répétant la liste. Mon plus grand souci, plus que celui de me faire enlever, était d'oublier un élément de la liste. Enfin parvenue au but, chez la crémière, je jetai, tout à trac, pour délivrer ma mémoire : farinebeurrecoquillettes. L'éclat de rire qui m'a fauchée ce jour-là valait bien une gifle.

Le samedi était jour de frites. Travail exclusivement réservé à Papa. Il épluchait de belles bintjes, découpait de longues tranches régulières. L'huile chauffait, répandait dans la cuisine l'odeur qui excitait notre appétit. Le secret était de les faire cuire à deux reprises. Et de bien saler au dernier moment. Papa racontait qu'il avait enseigné la recette à la famille allemande chez qui il avait séjourné pendant sa captivité. Captivité ? C'est quoi Papa ?

— J'étais prisonnier en Allemagne pendant la guerre.

— En prison ? Avec des barreaux ? Tu avais fait quelque chose de mal ?

— Non, rien de mal. J'étais soldat et nous avions perdu la guerre. Je suis resté cinq ans là-bas.

— Enfermé ? En prison ? Avec des barreaux ?

— Non, pas enfermé. Je travaillais, d'abord dans une ferme et ensuite à l'usine.

— Ah ! Tu me racontes ?

— Je te raconterai plus tard, quand tu seras grande.

Mon Papa était un héros. Et un taiseux.

Le dimanche était jour de bain. Il fallait aller dénicher la baignoire au grenier. Il n'était pas loin ! Il suffisait de passer le palier et d'aller ouvrir la porte voisine de notre logement. La baignoire en zinc attendait là, pendue à son clou, dans une pièce à peine plus sombre que notre appartement et tout aussi remplie. On ramenait la belle, en procession jusqu'à la cuisine. Les faitouts et les casseroles marmitonnaient gentiment sur le feu.

— Ecartez-vous, criait Maman, que je ne vous ébouillante pas !

Toutes ces manipulations d'eau bouillante les jours de lessive ou les jours de bain, dans cette minuscule cuisine, présentaient un réel danger. Un jour, ma sœur fut cruellement brûlée pas les éclaboussures. Maman, désespérée de sa maladresse, redoubla d'attention. Il fallut changer les bandages et surveiller la cicatrisation des minuscules pieds de Danièle pendant plusieurs semaines.

Eau chaude, eau froide, la baignoire se remplissait. Le thermomètre en bois flottait, dûment contrôlé par les deux parents, mission délicate, nous risquions au minimum, la brûlure ou la congestion.

Enfin autorisées à plonger, nues comme des vers et excitées comme des puces, nous nous bousculions pour entrer au Paradis. Le savon Cadum filait sur le carrelage, le gant de toilette tout rêche devenait tout doux, des auréoles blanches inventaient des paysages à la surface de l'eau. Nous étions serrées comme des coucous dans le nid du rossignol et il y avait bientôt plus d'eau autour de la baignoire qu'à l'intérieur. Maman criait et Papa souriait. André Verschueren et les « Rois de l'accordéon » jouaient « Perles de Cristal » à la radio. Nous finissions frottées, bouchonnées, parfumées au Chypre vert. C'était dimanche !

Les jours de semaine, nous faisions toilette de chat, dans une cuvette, sur l'évier. Il fallait tirer un vilain rideau rouge à ramages verts pour s'isoler des « vis-à-vis ». Si la visite médicale était annoncée, il fallait en plus se laver les pieds ! Hélas, il y avait parfois des contrôles surprise au cours desquels la maîtresse elle même, vérifiait la propreté de nos ongles et de nos pieds. Quant aux cheveux, ils ne connaissaient que rarement le shampooing. Se laver la tête présentait un énorme risque d'après le règlement maternel, au minimum un rhume, au pire une pneumonie. Nous devions donc attendre l'été et la canicule pour avoir les cheveux propres. Il arrivait aussi qu'on fasse un tour chez la coiffeuse de grand-mère, le jeudi. Son équipement ultra-moderne nous évitait de « prendre froid ». Prendre froid, une obsession. Papa voulait m'apprendre à nager à la piscine Garibaldi voisine. Maman poussa les hauts-cris. Je dus me contenter d'un passage, à plat-ventre, sur une chaise. On m'expliqua les mouvements de la grenouille et ma leçon de natation fut terminée. Bien au sec.

Peut-être, Papa rêvait-il de nous montrer la mer ? Il gardait, caché quelque part dans sa mémoire, le bonheur d'une plage blonde cerné de rochers et le plaisir évident de l'eau fraîche sur le corps. Peut-être nous imaginait-il piaillant et sautant dans les vagues ? Il nous emmenait à la Mulatière voir la Saône qui se jetait dans le Rhône, expliquait affluent et confluence et disait : « Le Rhône va se jeter dans la mer ». Je regardais l'eau grise et je tentais d'imaginer sa rencontre avec les eaux bleues de l'image dans mon dictionnaire.

Maman était d'accord pour le musée, sans danger connu. Le cinéma n'était pas dangereux lui non plus, ni le théâtre de Guignol, ni le Parc de la Tête d'Or, ni les Halles de Lyon.

Je me souviens de ces jours là, des jours de bonheur plein, un bonheur de brioche, de pêche ronde, de velours et d'abeilles. Nous avons notre juste place dans le monde. Notre petit cercle bien fermé sur la certitude de notre amour les uns pour les autres roule dans l'harmonie parfaite du moment suspendu. Nous sommes beaux, habillés « en dimanche ». Invincibles. L'air est léger, mes pas ne touchent plus le sol. Ma tête tutoie le ciel. J'entends les trompettes qui saluent notre arrivée. Que s'ouvrent les portes du Musée Guimet !

Là, devant moi, proche à pouvoir l'effleurer, un squelette de baleine de 17m de long ! Et juste à côté celui du mammouth, tout aussi impressionnant. Papa affirme qu'il a été retrouvé à Lyon. Et aussi qu'il y avait des glaciers partout où nous circulons dans nos tenues d'été. Et que nous irons, un autre jour, voir le « gros caillou », vestige du glacier. Il m'emmène voir les momies égyptiennes dans la pénombre des vitrines. Le frisson de l'étrange court sur mon échine. Le plancher craque. Je veux tout voir, tout comprendre puisqu'il est là pour tout m'expliquer.

Au Théâtre de Guignol, nous sommes installés dans une loge tendue de rouge. Une guirlande de lumières court le long de la rampe. Nous dominons le peuple de l'orchestre avec un léger mépris. Ces places sont certes infiniment supérieures à celles du bas ! Extraordinaire volupté d'être assise là, sur une chaise capitonnée et cloutée d'or, avec ma sœur à côté de moi et, sur nos deux nuques, le regard de nos parents heureux. Ils rient et nous rions de les entendre rire sans bien comprendre les saillies de ce pauvre Guignol harcelé par son propriétaire mais très heureuses des coups de bâton qu'il lui donne. Ah ! Si nous pouvions en faire autant à la « probloc » ! La sale bête qui refuse à mon père le droit de laisser son vélo dans la cour de l'immeuble ce qui l'oblige à se le coltiner sur le dos, tous les soirs, jusqu'au quatrième étage, pour le redescendre le lendemain matin. Moi, Michèle, je vais trouver le moyen de punir la probloc. Je vais préparer un bâton qui claquera sur ses épaules tristes. Elle s'enfuira et on ne la verra plus jamais ! Et mon Papa sera moins fatigué le soir.

Nous allons au Parc. Il me montre la belle grille des Enfants du Rhône et me dit avoir travaillé à son entretien. J'admire en conséquence...Mon Papa a des mains d'or.

L'ours tourne en rond dans sa fosse. Les singes singent les hommes de façon inquiétante. Mon père chantonne «L'ours et le singe animaux sages, quêtent des sous sur leur passage». Apollinaire, ou son fantôme, passe près de nous, son bandage au front. Dans les serres, je me gave de mots nouveaux aux sonorités inconnues. Guzmania, calathéa, jasminum et mandevilla accrochent leurs noms les uns aux autres en une exotique psalmodie. Le strelitzia déploie sa fleur pour en faire un oiseau. Nos pores absorbent ce pays humide et nos yeux se remplissent de vert pour rêver à tous ces lointains où nous n'irons jamais. Nous sortons. Nous retrouvons le petit air frais du printemps, étourdis par ce voyage, étonnés de sa puissance aux portes de notre vie. Je prends sa main pour revenir chez nous.

Avec lui, aux Halles de Lyon, sous la verrière à armature métallique des Cordeliers, j'ai assisté sans frémir à la décapitation des grenouilles, au déshabillage de leurs jambes de poupée. J'ai accepté l'huître grasse dans son bain d'eau salée, j'en ai rempli ma bouche comme pour un baptême exotique et puissant. J'ai bu la gorgée de vin blanc qui a brûlé ma gorge. Pour lui.

Avec lui, j'ai vu « Ballon rouge », pour voyager au-dessus des toits de Paris, et « Mon Oncle », le film de Jacques Tati. J'ai compris qu'il était de bon ton de se moquer du monde moderne et de son univers aseptisé. Mais, sans oser le dire, j'ai imaginé notre vie dans une belle cuisine aux meubles étincelants. Je me suis dit qu'un petit jardin propret avec un jet d'eau en son centre ferait bien notre affaire. J'ai pensé que Maman s'amuserait bien avec ces merveilleux gadgets

Elle se plaignait de plus en plus de l'inconfort du grenier. Ses sœurs avaient eu accès au rêve inabordable : un HLM. En banlieue. Avec chauffage central et vide-ordures dans la cuisine, salle de bain et larges baies vitrées. Chez nous, il fallait faire livrer le charbon par le bougnat. C'était une apparition effrayante que celle de cet homme couvert de poussière noire jusqu'aux cils. Il avait la tête couverte d'un sac de jute plié en deux et portait à l'épaule le sac de boulets qu'il lâchait d'un seul coup dans le coffre. Un nuage de poussière s'élevait, rapidement contenu par la fermeture du couvercle. Une trappe aménagée en bas du charbonnier restituait les boulets à la demande. Maman attrapait le disque central de la cuisinière au bout de son pique-feu puis elle écartait les cercles brûlants. Une flamme risquait sa langue or et rouge, bientôt éteinte par la dégringolade des boulets jetés à plein seau. Les disques reprenaient leur place. Il ne restait plus, au dessus du feu qu'une petite haleine noire qui s'en allait salir les torchons mis à sécher sur les tringles accrochées en éventail autour du cornet. Pendant l'hiver 54, il y eut pénurie de charbon. Une vague de froid paralysait la France. L'eau gelait dans les conduits, les chenaux d'évacuation explosaient sous la pression de la glace en de magnifiques cascades translucides, les vitres étaient couvertes de cristaux, le Rhône et la Saône étaient pris par la glace. L'école avait fermé. Nous sommes partis dans les rues, le visage anesthésié par la bise. Le bougnat qui espérait peut-être retrouver le bon temps du marché noir, rationnait son charbon. Papa avait insisté pour que nous soyons présentes à l'entretien. Notre rôle était d'apitoyer le bonhomme. Il avait fallu parlementer longtemps dans une sorte de cabine vitrée et surchauffée qui était posée au milieu de l'entrepôt où s'élevaient des collines d'anthracite luisant. Mais nous avons eu notre charbon.

Le poêle du couloir restait brûlant la nuit comme le jour. Nous avions ordre de passer devant lui le dos collé au mur d'en face et la robe de chambre bien serrée sur nos jambes. « Danger ! Danger ! » clignotait le monstre à l'œil rouge. J'avais souvent du mal à m'endormir dans la niche odorante de mon divan bordeaux, sous ma pile de couvertures. Je racontais à ma sœur les dernières péripéties de Nils Olgerson perché sur son jars puis, lorsqu'elle me lâchait pour d'autres rêves, je dressais l'oreille pour entendre la radio qui retransmettait des pièces policières. Seule la musique me parvenait distinctement. Musique qui me donnait la chair de poule malgré toutes les couvertures et tout le charbon qui flambait dans le poêle.

« Je ne peux pas pousser les murs ! » se récriait Papa lorsque Maman se désespérait du manque de place. Il rajoutait des penderies en plastique, des étagères, sur tous les murs disponibles, à tous les niveaux, jusqu'au plafond, qui n'était pas loin de nos têtes. Il tenait à garder son aquarium sur l'étagère médiane entre celle de mon « bureau » (amovible) et celle de la radio. Les petits guppys verts et or se baladaient tranquilles. Ils devaient se sentir à l'aise, chez nous, puisqu'ils se reproduisaient. Un beau jour, on voyait apparaître, sous l'éclairage, des fils dorés. A bien y regarder, un œil noir brillait à une extrémité et ça gigotait dans la lumière et dans les bulles du petit scaphandrier. Il fallait attendre qu'ils grossissent pour entreprendre le grand nettoyage de l'aquarium. Gros travail qui demandait tout un dimanche après-midi. Et qui nous valait une bonne leçon sur les vases communicants. Papa remplissait un court tuyau en caoutchouc au robinet. Les deux pouces bien collés à chaque bout, il traversait la cuisine, contournait la table, grimpait sur une chaise et plongeait le tuyau dans l'aquarium. Maman, parfaite assistante du magicien des eaux, présentait sa plus grosse bassine et, là, miracle, l'eau quittait ses cimes étagères pour s'écouler docilement dans la bassine ! On s'exclamait ! On se félicitait du bien fondé de l'opération compte tenu de la couleur de l'eau évacuée. On récupérait à l'épuisette les imprudents qui s'étaient faufilés dans le tuyau. Papa fignolait les vitres et les coquillages, le scaphandrier. On s'inquiétait pour la vie de nos poissons privés d'eau. Il était temps de remplir l'aquarium d'eau propre, à bonne température. Il ne nous restait plus qu'à admirer le travail, conscients d'avoir accompli une œuvre d'utilité poissonnière et de ne pas avoir gaspillé notre dimanche.

Le démontage et le remontage de la radio était une opération qui pouvait, elle aussi, occuper tout un dimanche. La malade, aphone depuis huit jours, était descendue de son étagère avec beaucoup d'égards. Son ventre, bientôt ouvert, recelait un luxe d'organes et de terminaisons auxquels il s'agissait de redonner vie. Elle avait une faiblesse du côté des lampes. En chirurgien habile, Papa lui rendait la voix. Il promenait patiemment l'aiguille à la recherche des stations derrière le tissu jaune. Après quelques crachouillis, on reconnaissait la ritournelle de la « Boldoflorine, la bonne tisane pour le foie » et de « l'apéritif « Du Beau, du Bon, Dubonnet » sans qu'on ait pu démêler s'il était recommandé de consommer les deux produits ensemble ou séparément. Radio-Luxembourg nous était rendu jusqu'à la prochaine panne. La famille Duraton allait pouvoir revenir, chaque soir, à l'heure de la maudite soupe. Jeanne Sourza et Raymond Souplex deviseraient « sur le banc ». . La voix de Geneviève Tabouis allait pouvoir filer le bourdon à un congrès d'optimistes. Nous frémirions devant l'audace des candidats à « Quitte ou Double » et Papa nous chasserait pendant les informations. Il amènerait Maman au bord de la crise de nerfs, le dimanche, lorsque toute la famille, habillée de pied en cap et prête à partir chez Grand-mère, attendrait le but qui permettrait à l'OL d'égaliser.

J'étais passée de la douce Madame Clément à l'inerte Madame Mollard (je n'invente rien !) puis au CM1, chez la terrible Kamandrou dont j'associai immédiatement le nom à celui du Général Dourakine. Elle en avait l'autorité et la méchanceté. J'étais persuadée que son regard me suivait jusque chez moi, dans les recoins sombres. L'œil de Caïn me surveillait partout. Une année de cauchemar avec des divisions à virgule et des problèmes tordus quotidiens. Je me jetais sur le couvre-lit bouton d'or des parents tous les jours, à midi, en rentrant de l'école pour apaiser mon mal de ventre et je prenais ma soupe assaisonnée d'huile de paraffine pour tenter de dénouer mes intestins. Pour tout arranger, elle avait instauré l'étude du soir obligatoire, le jour où, atterrée, elle avait pris connaissance des dernières instructions ministérielles qui interdisaient les devoirs à la maison. Une heure de plus en sa douce compagnie !

Pendant les moments creux, lorsque, le devoir accompli, nous aurions pu nous livrer à quelques rêveries (pas question de bavarder, même en songe) nous devions prendre notre « ouvrage », un canevas de toile blanche où nous brodions l'alphabet au point de croix. Et gare aux points de travers ! Et quand, grâce à ce régime de terreur et à mon travail forcé, je réussis à être la première de la classe sur 41 élèves, elle eut ce mot aimable, devant tout le monde : « J'ai bien recompté vos notes. Vous êtes première mais ce n'est qu'un accident » La vache ! Je la déteste encore ! Elle doit être morte. Bien fait ! Notre place au classement déterminait aussi notre place en classe. J'ai donc dû passer des jours, le nez au ras de son bureau jusqu'au classement suivant où je me suis bien appliquée à ne pas provoquer de nouvel « accident ».

Je me vengeais sur toute une classe de poupées et d'ours en peluche. Les punitions pleuvaient, les ardoises se fracassaient sur les têtes, les pages arrachées volaient. Je passais du temps à fabriquer de mignons cahiers à la reliure cousue. J'écrivais le nom des élèves et je recopiais pour chacun la dictée avec des fautes différentes, sujettes à réprimandes sévères. Heureusement pour elle, ma sœur avait quitté son rôle d'élève pour des tâches plus nobles. Elle était, tour à tour, marchande, infirmière ou mère de famille. Nous installions nos commerces sur tous les meubles disponibles et sur les lits. Nous circulions à l'aise dans ce capharnaüm : ma classe au grand complet, la caisse enregistreuse avec son tiroir rempli de pièces factices et son bouton qui déclenchait le « cling » très réaliste d'une vraie caisse enregistreuse, une balance avec ses poids, les emballages vides récupérés à la cuisine, sachets de coquillettes et boîtes de Vache qui rit, les cosses de petits pois et les épluchures de pomme de terre qui prenaient une odeur bizarre après une journée de jeu, tous les habits des poupées, la dînette et les macaronis consentis par Maman, les berceaux et les poussettes. Ma sœur rêvait d'un landau, un vrai, haut sur pattes, bleu-marine, avec un châssis brillant, un landau anglais. Elle l'a commandé à chaque Noël mais « le Père Noël n'était pas assez riche » Peut-être était-il aussi conscient qu'on ne pourrait pas le loger chez nous !

L'Arsenal organisait, chaque année, son Arbre de Noël. Après le spectacle, après les colombes qui surgissaient du chapeau et les clowns imbéciles qui collaient dix fois leur bouche à l'ouverture de leur trompette avant de jouer, nous devions défiler auprès du grand sapin décoré, avec notre ticket. La chaleur et le bruit étaient vertigineux. Nous échangions notre ticket contre un jeu de société ou une peluche mais aussi contre de curieux objets sortis tout droit d'un atelier « bois ». Qui imaginait et construisait ces patinettes et ces poussettes inutilisables ? Les Lutins de l'Arsenal ? Mystère. Mystère aussi, l'apparition du sapin au pied de mon divan, le matin de Noël. Identique à celui de l'année précédente, magiquement surgi pendant notre sommeil. A son pied, un seul jouet pour chacune de nous et deux sachets de crottes en chocolat à partager. Les boules garnies de crème rose étaient écœurantes et délicieuses. Elles vous transformaient la langue en feuille de carton en un instant. Nous passions la journée à baptiser et débaptiser nos nouvelles poupées et à jouer au Jeu de l'Oie et aux Petits Chevaux avec nos parents.

Les oranges étaient emballées dans un carré de papier fin. Papa en vrillait les coins et bombait un dôme sous lequel il allumait un feu de brindilles. Souvent, le papier s'enflammait. Maman tremblait et protestait, on allait mettre le feu à la cuisine. Mais, parfois, l'air chaud emplissait la coupole et elle s'envolait, légère, pour un voyage au-dessus de la table. Mon Papa était un magicien.

Il découpait ensuite la peau de l'orange en suivant un dessin connu de lui seul et nous avions une étoile pour décorer la crèche où le petit Jésus venait de naître. Ou bien il faisait le pari d'éplucher l'orange d'une seule spirale parfaite que nous allions accrocher au-dessus du feu et qui mêlait son parfum à celui du sapin et des feuilles d'eucalyptus. Mon Papa était un artiste.

La nuit tombait vite et encerclait nos têtes rapprochées sous la lampe pour encore plus d'amour. Nos voix s'adoucissaient, accordées à l'instant que nous savions unique. Rien ne pouvait nous atteindre.

Le petit Jésus dormait tranquille dans sa crèche. Dieu avait cessé de faire partie de ma vie. Le temps où ma grand-mère tentait de m'instruire en religion était révolu. Elle avait bien essayé de m'offrir « La Bible d'une Grand-mère », de la même Comtesse de Ségur que j'aimais tant, bibliothèque rose, reliure jaune, mais le livre était resté dans un coin. Je préférais le Club des Cinq, son héroïne, la délurée Claude et son chien Dagobert , les Aventures du Professeur Pervenchelle et Les Chevaliers de l'autorail. Tous ces livres mettaient en scène des enfants au destin extraordinaire, redresseurs de torts, capables de résoudre des énigmes compliquées grâce à leur sens de l'observation et à leur courage. Je préférais ces livres aux histoires de Moïse, les leçons de l'école et leurs vérités intangibles aux épopées bibliques. L'année de mes neuf ans, on m'inscrivit au catéchisme. Papa n'était peut-être pas tout à fait convaincu mais il avait dû trouver plus confortable de ne pas s'opposer à la tradition...et à sa belle-mère. Moi, j'étais curieuse de cette nouvelle expérience. L'histoire commençait bien : un joli bébé, une maman en robe bleue, un papa solide, un bœuf, un âne, l'odeur de la paille et les Rois Mages dans leurs habits brodés. Puis tout se compliquait : l'eau se changeait en vin, les paralytiques se mettaient à gambader, les aveugles retrouvaient la vue. J'ai commencé à douter. Je n'avais jamais prêté une grande attention aux crucifix ornés de leur bouquet de buis qui étaient suspendus, ici ou là, aux murs des maisons que je fréquentais. Mais, quand les bonnes sœurs me racontèrent l'histoire, je fus bouleversée ! Révoltée ! Horrifiée ! Le chemin de Croix montrait tout : la couronne d'épines, la fatigue, les chutes, les clous dans les mains, le flanc transpercé, la nudité, la sueur, le sang qui coulait, la mort. Et après tout ça, la résurrection ! Je suis rentrée à la maison nauséeuse et chancelante, sans poser de questions, comme si cet excès de violence, assaisonné de mystère, devait rester en dehors de ma vie, comme si le taire pouvait le faire disparaître. Mais il ne disparaissait pas. Au contraire. Il grignotait mon cerveau, encombrait mon imagination, bouffait mes jours et empêchait mes nuits. Le pire de l'affaire était qu'on me répétait que « Jésus était mort pour nous », pour moi aussi, donc. Mais qu'avais-je fait pour infliger ces tortures à ce pauvre homme ? Et pour en ajouter encore à l'horreur, j'allais devoir absorber son corps sous forme d'une hostie tandis que son sang allait se changer en vin. Scénario d'épouvante. Ma seule envie était de me soustraire à cette épreuve. Mais pouvait-on vivre en marge de ces obligations que toute ma famille et mes amies de catéchisme attendaient avec sérénité, voire impatience ? Avais-je le droit de refuser ces prières qui devaient m'ouvrir le ciel et l'ouvrir à tous ceux pour qui j'avais le devoir de prier. Papa n'avait pas l'air très convaincu par la religion. N'était-ce pas à moi de sauver son âme ? Et si je me dérobais, n'allait-il pas aller rôtir chez Satan ? Avec moi tout de même, ce qui était déjà une consolation. J'étais dans un abominable dilemme. Je pouvais faire semblant de croire à ce que je ne pouvais m'empêcher de voir comme impossibles fariboles. Je pouvais me présenter à jeun, m'agenouiller avec les autres, ouvrir la bouche (pas trop grande), tirer la langue (poliment ?), recevoir la pastille blanche (non, non, ça n'a pas de goût) et, tourment supplémentaire, veiller à ne pas l'effleurer avec mes dents. Dieu devait entrer en moi via mon estomac. Je pouvais faire ça et faire plaisir à Maman et à Grand-mère qui ne comprenaient pas mes réticences, qui me faisaient miroiter la robe blanche, les socquettes en fil d'Ecosse, les gants en dentelle du Puy envoyés par Aline, les vernis noirs, la couronne de fleurs, les cadeaux, les dragées. Comment leur dire que j'allais être foudroyée sur place ? Dieu qui voyait tout allait me transpercer...s'il existait. Enfer et damnation. La seule solution était de refuser cette mascarade. Ce que je fis. Résolument. D'abord auprès du jeune prêtre qui s'occupait de nous au caté.

Un soir comme les autres, entre la pomme et la tranche de Bonbel, on sonna à notre porte. C'était lui !

Non pas Dieu en personne, ni son fils, le pauvre, attaché sur sa croix, mais son représentant, ce jeune prêtre en soutane noire. Il venait aux nouvelles. Il voulait rencontrer les parents de cette têtue, de cette inconvenante petite fille qui clamait :

— Je ne veux pas faire ma communion !

Maman était très embêtée par cette visite à l'improviste. Son ménage n'était pas très au point. Des vêtements trainaient un peu partout. Il y avait la table encombrée et de la vaisselle sale plein l'évier. Elle s'agitait pour trouver une chaise disponible et proposait en désordre café, sucreries ou petit verre d'alcool. Papa écouta les doléances. Attentivement. Il ne répondit rien mais j'ai entendu ce qu'il pensait. Il riait en douce et se félicitait d'avoir engendré une résistante.

Ensuite, les choses ont continué à avancer malgré moi. Il a fallu passer par confesse. A genoux, avec la cicatrice de ma dernière chute qui me tourmentait. J'avais peur qu'elle ne se rouvre et que mon sang aille souiller le petit banc. J'ai essayé de deviner un visage derrière les grilles de bois, j'ai respiré une haleine étrangère, j'ai inventé des péchés, j'ai récité l'acte de contrition, impossible à mémoriser, alors que « Le rêve du Jaguar » de Leconte de Lisle, était rentré tout seul dans ma tête. J'ai ânonné ma pénitence, toujours à genoux.

Enfin, le jour J arriva. Je laissai fondre la rondelle blanche. J'attendis l'illumination, le choc, la foi. Et, là, rien ! L'hostie disparut, sublimée, ne laissant qu'un léger goût de papier sur ma langue. Rien ! Il ne se passait rien ! Ni révélation, ni foudre céleste. Ce geste auquel j'avais attaché tant d'importance, dont je craignais les conséquences terribles, dont je ne me sentais pas digne, se révélait d'une banalité désolante. Toutes mes craintes s'en allaient comme fourmis dérangées d'un coup de talon. Toutes mes attentes aussi. Je revins à ma place, la tête en feu. L'air frais de l'église glissait agréablement sur mes cuisses nues à chaque pas. Je gardai le regard baissé et la mine recueillie. Il y eut encore des chants et nous sortîmes en procession, sous les yeux attendris des familles. Dehors, le soleil brillait comme avant. Il ne s'était rien passé. J'avais juste donné aux adultes la comédie qu'ils attendaient. Moi, je savais mon imposture. Mais je n'avais plus peur. La voie royale vers ma Communion solennelle s'ouvrait, droite et simple.

5 - Les vacances

En juin, il commençait à faire chaud, sous les toits. La fenêtre de la cuisine restait ouverte. Parfois, un air s'élevait depuis la cour voisine. C'était un chanteur des rues qui venait quémander quelques pièces. Maman nous ceinturait de ses bras. En se penchant beaucoup, en se tordant le cou, on pouvait apercevoir le chapeau de l'artiste. Les chansons de Tino Rossi, de Luis Mariano ou d'Edith Piaf montaient jusqu'à nous, accompagnées à l'accordéon. Pour ce petit bonheur, on payait une pièce. Entortillée dans un papier de soie, elle devait s'envoler sur le côté gauche, éviter le « ciel vitré » qui fermait notre propre cour. Le plus sûr était de dévaler les quatre étages et de passer dans l'immeuble voisin pour rejoindre le chanteur. Là, on le voyait en majesté. On pouvait l'applaudir et le récompenser. Il soulevait son chapeau...

Nous allions bientôt partir à Cour. La maison nous appartenait désormais. En 1955, elle avait été évaluée à

900 000 francs par Maître Rosset-Bressand, notaire à Revel-Tourdan. La légende dit que c'est la prime de naissance de ma sœur qui a financé le projet ! Ou la générosité de Tatan.Marie.

Le mois de juin était consacré aux préparatifs. Maman, Grand-mère et Grand-tante avaient consulté les catalogues, les piles de Modes et Travaux, les derniers exemplaires du Petit Echo de la Mode. Elles avaient sorti le papier de soie des patrons. Nous étions allées au « Tissu Chic » ou « Au Coupon ». Tissu Chic, pour les chefs d'œuvres. Coupon, pour les œuvres mineures. Il nous fallait des robes légères, du madras, des shorts à rayures bleues. Il fallait de longs après-midi de coupe chez Grand-mère, de longs moments d'assemblage et de couture, des essayages perchées sur la table. Maman ajustait l'ourlet, des épingles plein la bouche. Elle cousait un ruban de nylon rigide au bas de ma jupe froncée, en Vichy rose. Brigitte Bardot n'avait qu'à bien se tenir ! J'étais la plus belle !

Tatan tricotait, tricotait, les soirées sont fraîches à Cour. Au point Jacquard, pour utiliser les restes de laine. Du bleu-marine, du rose et du blanc pour ce gilet magnifique. Du coton bleu-ciel pour le maillot de bain, garanti extensible à la première trempette.

Comment faire tenir tout ce trousseau dans les valises ? On prenait l'essentiel, les chemises de nuit en finette et les chapeaux de soleil. Papa apporterait le reste lors de ses visites. L'excitation montait. Maman criait. Jamais nous ne serions prêtes ! Nous préparions les valises de nos poupées. J'écrivais des projets de réjouissances avec heure et durée du jeu, nombre de participants. J'étais déjà là-bas.

Le voyage durait une journée entière. Papa ajustait les valises sur le porte-bagage de sa mobylette toute neuve (financée par Tatan) et il roulait vers Perrache où il nous attendrait. Maman sanglait les sacs à ses épaules, accrochait nos mains et en route pour le rejoindre, en bus. J'avais mon sac de dame plein de vieux bonbons, ma mallette rouge, mon dernier livre reçu lors de la distribution des prix du mois de juin. Ma sœur tenait son poupon Patrick contre son coeur. Première étape réussie, nous grimpions dans le car Gauthier. Il fallait dire au-revoir à Papa mais nous étions sûres de le revoir dès le samedi soir. Bien droite sur mon siège, je ne perdais pas une miette du paysage. Mon seul voyage de l'année ! A la sortie de Lyon, le car passait Place du Grand-Trou, devant l'immeuble de nos Grands-parents. Ils descendaient, pour l'occasion, à l'heure dite et agitaient les mains pour nous souhaiter bonne route. Il est vrai que nous allions au bout du monde : 50km. Après une halte interminable à Vienne, nous reprenions la route, direction Beaurepaire avec un chauffeur bien ragaillardi par un verre ou deux de bon vin rouge. Le paysage devenait champêtre. Je m'usais les yeux à retrouver le souvenir des villages traversés, de cette courbe de la route qui découvrait une belle demeure aux volets verts, des arbres de la forêt des Blaches. Nous approchions.... Mon cœur devait être prêt à bondir lorsque le dernier virage dévoilerait le clocher de l'église et les toits groupés autour, comme poussins autour de leur mère. Enfin, nous y étions ! Plus de deux mois de liesse, de liberté, de courses folles et d'air pur m'attendaient. J'allais cavaler d'un bout à l'autre de la journée, déliée des peurs et sans entraves, prête à toutes les expériences, à toutes les découvertes, flairant les interdits pour mieux les approcher. J'allais devenir la fille-centaure, habile à galoper, à sauter les barrières, prompte à dévorer les fruits, à humer la sève et à goûter l'eau des fontaines, jamais rassasiée des parfums, celui violent des étables, celui des sous-bois moussus, celui des prés, acides lorsque le soir tombe, le sucré des foins et l'ivresse des terres après la pluie. Juillet me mûrissait. Août charriait dans mon corps l'énergie des orages.

Nous arrivions enfin à Cour et Buis. Une épicerie-boulangerie-tabac-journaux-station-service-bistrot-restaurant et même laiterie le soir, une boucherie et sa bouchère aux treize enfants que j'imaginais tout nus dans le saloir de Saint Nicolas, une mercerie-graineterie, fabuleuse corne d'abondance, généreuse en odeurs épicées qui me donnaient le tournis. Le souvenir du bruit du grelot déclenché par l'ouverture de la porte suffit à faire revenir à mon nez, les senteurs mêlées des tisanes, du café et des vieux rouleaux de tissu. L'école et la mairie sont sur la place, à l'ombre des platanes. Leurs murs élégants, moitié pisé, moitié galets de rivière, témoignent de l'importance de ces édifices publics. Ma grand-mère, mes grands-tantes et grands-oncles ont fréquenté cette haute et massive école, au temps où l'instruction est devenue laïque, obligatoire et gratuite. Des sous-verres conservent leurs œuvres brodées et leurs diplômes du Certificat d'études, une fierté, surtout pour ma Tatan qui répétait qu'elle l'avait réussi à douze ans.

Une église de sucre rose, la poste, un forgeron et, plus loin, au milieu de leur lopin de terre, de modestes fermes, des vaches tranquilles, des lapins qui agitent leur nez derrière les grillages, une basse-cour affairée à gratter le sol. C'était cela, Cour et Buis dans les années 50, et c'était mon paradis. Mon exotique aventure pimentée d'un vocabulaire propre à ce pays. Ici, on ne dit pas presque mais « quasi », mon petit banc est un « plot », la sieste de grand-père un « somme » qu'il fera avant d'aller manger un « morceau ». Je suis en terre étrangère ! Je suis en vacances !

Le car s'arrêtait sur la place dans un grand soupir de freins. Le chauffeur descendait les bagages arrimés sur la galerie de toit. Nous pouvions en laisser sans crainte une partie au pied de la fontaine. Il nous faudrait deux voyages pour transporter le tout. Le chemin n'était pas long. Il suffisait de tourner le coin de la place, de longer l'école et nous y étions presque. Le portail résistait. De hautes herbes avaient poussé. Il faudrait demander à Monsieur Favre de venir faucher. Maman sortait le gros trousseau de clés. La porte s'ouvrait sur l'obscurité et l'humidité, une fraîcheur de cave pour qui venait de voyager en pleine chaleur. Les mains en avant pour écarter les toiles d'araignée nous prenions possession du domaine. Il fallait pousser les volets, ouvrir grand les fenêtres. Les souris détalaient. Il fallait allumer le feu et s'attendre à retrouver la pièce enfumée aussitôt. Il fallait aller chercher de l'eau à la fontaine par la sente envahie d'orties. Il fallait secouer les édredons en éternuant et surveiller les nouvelles auréoles au plafond pour éviter les gouttières mal placées au-dessus des lits. On accrochait le rideau de coton rayé devant la porte pour interdire aux mouches et aux guêpes l'accès à notre palais. Au bout de quelques heures, Maman avait les mains rouges d'avoir tout désinfecté à l'eau de Javel. Elle aspergeait le sol en terre battue et ramassait la boue de l'hiver. Il arrivait que le ruisseau déborde et vienne inonder le rez- de- chaussée.

Sans pitié, sans remords, nous l'abandonnions à ses corvées. Nous étions déjà par les chemins. J'avais filé chez Marie-Claire, en haut de la colline. C'était l'heure de la traite. Madame Favre, son gros derrière à peine posé sur un banc minuscule, faisait gicler le lait des chèvres au fond du seau d'une main ferme. Sa blouse boutonnée s'ouvrait un peu plus largement chaque année et je reconnaissais sa vaste culotte bien pratique à écarter pour faire pipi debout dans la paille de l'étable. Marie-Claire m'emmenait chercher les œufs. Les poulettes en cachaient partout, refusant de se contenter des endroits pourtant bien balisés d'œufs en plâtre. Il fallait ruser, visiter le hangar à bois, le dessous des lessiveuses et les vieux paniers entreposés dans la cour. Il arrivait qu'on déniche une grosse mère bien installée sur sa couvée de deux jours. La coupable débusquée s'envolait à grand fracas en y laissant des plumes et en jacassant des reproches pour qui l'empêchait de vivre sa vie. Notre panier se remplissait de ces délicats chefs d'œuvres à la forme parfaite et de toutes les nuances de beige, ocré, ambré, rosé. Les « pillottes », des poules naines, donnaient des œufs mignons comme des jouets et tachetés de brun.

Les jours de vacances se ressemblaient mais cette monotonie apparente avait la sérénité d'une ronde. Les heures tournaient sans surprise, une musique en ritournelle, un refrain repris sans cesse, connu par cœur, à reprendre toujours parce qu'il nous rendait heureux.

J'écrivais à mes grands-parents d'une belle écriture appliquée :

Je suis bien contente d'être à l'air tout le temps. Je joue dans les prés toute la journée. Avec Marie-Claire, Monique et Nicole nous nous amusons beaucoup. Ma petite sœur s'amuse avec nous mais elle ne veut pas me prêter son ballon. Et moi, je n'en ai pas. Ma Grand-maman, je t'embrasse bien fort en me pendant à ton cou même que tu me grondes quand je me pends trop fort. Et toi aussi, Pépé je t'embrasse pareil. J'espère que vous viendrez à Cour au mois d'août. On ira goûter à la rivière.

Chaque jour, je me réveillais sous l'édredon rose. Les oiseaux tenaient concert. Les charrettes écrasaient le gravier du chemin. Des voix se disaient le bonjour et trois raies obliques se cassaient au plafond de la chambre, prometteuse d'un grand ciel clair.

Je passais des heures à la forge. Lieu fascinant habité par un géant taciturne. Dieu ou diable, il avait le torse puissant, ruisselant de sueur et de poussière. Les jambes ancrées dans le sol, il commandait aux éléments et à la matière en entretenant un feu d'enfer ravivé à grands coups de soufflet. Le métal devenait bonbon acidulé, rouge et transparent. Il le saisissait alors avec de longues pinces, le posait sur l'enclume et frappait avec une colère de Titan. La pièce se tordait, s'aplatissait, prenait forme sous les coups qui bondissaient jusqu'à mon coeur. Le rouge s'éteignait en gris. Il fallait chauffer à nouveau, frapper encore. La masse levée au-dessus de sa tête décrivait un demi-cercle et s'abattait dans un tintement mat suivi d'un léger écho. Il plongeait la pièce dans l'eau froide qui crépitait comme une friture. Le père Coste s'offrait alors une pause, s'essuyait le visage dans son mouchoir à carreaux et sifflait une large rasade de vin. Pas un mot ne s'échappait de sa bouche noire sauf lorsque c'était mon père qui venait l'observer en voisin. Avec lui, il parlait de ce métier qui les réunissait.

La mère Coste était aussi volubile et drôle que son mari était muet et distant. Gringalette, la peau parcheminée sur un visage aigu, c'était elle qui livrait les télégrammes dans tout le canton. Un fil courait le long du chemin, depuis la Poste jusqu'à sa maison. Lorsque le fil actionnait le grelot, elle devait sauter sur son vélo pour aller prendre le télégramme et le porter à son destinataire en pédalant à toute vitesse. Elle avait le jarret ferme et la langue bien pendue. Ses commérages faisaient nos délices. Elle était lavandière et frottait les lessives de tout le village, y compris les nôtres, Maman s'offrait ce luxe pendant les vacances. Une fois par semaine, elle préparait son feu dans la cour. Elle cassait le petit bois sur sa cuisse nerveuse et ça pétillait bientôt sous la chaudière. Elle empilait le linge en mille-feuilles avec les cristaux de soude et vidait dans la cuve tous les seaux d'eau qu'elle était allée chercher à la fontaine. Puis elle refermait le chaudron et entretenait le feu à coups de fagots. De temps en temps, elle ouvrait le couvercle pour touiller le linge avec un bâton. L'eau était grise, des bulles de savon naviguaient. Une odeur douceâtre s'échappait. Plus tard, elle retirait torchons et draps à l'aide de sa pique et les rossait à grands coups de battoir, le corps calé sur la planche à laver. Les ruisseaux d'eau sale couraient dans la cour. Quelques médisances aussi... Des éclaboussures dans les cheveux, elle tapait et essorait en jacassant et en riant puis jetait les torsades de linge dans sa brouette. Il ne lui restait plus qu'à rouler jusqu'à la rivière pour le rinçage à l'eau claire. Au retour, elle suspendait draps et chemises aux fils tendus d'un bout à l'autre de son jardin. Nous attendions qu'elle s'éloigne pour jouer à cache-cache dans les couloirs de toile lourde parfumée de fleurs de saponaire.

Maman gardait pour elle le « petit linge ». Ça nous arrangeait bien. Il fallait aller acheter un paquet de Bonux. Nous revenions en procession par le chemin en portant le précieux paquet comme le Saint Sacrement. Il n'était pas question d'attendre que toute la poudre blanche ait été utilisée. Maman étalait un journal sur la table et vidait le contenu du paquet jusqu'à ce qu'apparaisse la merveille, la surprise, le cadeau Bonux ! Une toupie, un mini-puzzle, une petite voiture, un trésor donc, que nous nous disputions âprement. La lessive était une fête qui se déroulait à la fontaine, sur la place du village. C'était l'occasion de rire et de s'asperger. Nous laissions couler les shorts et les chaussettes au fond du bac pour le plaisir d'aller les repêcher dans l'eau glacée. Pour essorer les serviettes éponge, il fallait être deux : chacune à un bout, nous tordions le linge. Un rideau de gouttes tombait de ce gros serpent qui se détendait comme un ressort lorsque nous le relâchions. On secouait à bout de bras les tabliers et les corsages. Il s'en échappait une bruine délicieuse à nos visages cuits de soleil. Bientôt, tous nos vêtements accrochés sur le fil étaient comme une jolie bande d'enfants en vacances : le Vichy rose, les rayures bleues, les cols Claudine brodés d'hirondelles dansaient des farandoles au jardin.

Vers quatre heures, je ne manquais pas le rendez-vous chez Marie-Claire. Madame Favre ouvrait la porte de l'étable. Il était temps de partir « en champ les chèvres ».

J'avais mon petit banc sous le bras et, dans mon sac, mon goûter, pâte de fruit dans son papier brillant ou barre de chocolat fourrée de crème rose, à manger avec du pain, ma bouteille d'eau rougie de vin ou parfumée d'Antésite, mon ouvrage. Nous nous asseyions, toutes les trois au bord du pré. Madame Favre reprisait les chaussettes ou changeait les élastiques des culottes. Marie-Claire et moi nous brodions nos porte-serviettes au point de tige. Les chèvres, dressées sur leurs pattes s'offraient des festins de feuilles de frêne ou de noisetier. Ces bêtes avaient toujours l'air de rire, l'œil qui frise et la barbiche contente. Ces drôles de gamines désobéissantes escaladaient les pentes pleines de ronces pour aller visiter les champs de belle herbe verte sur l'autre versant de la colline. Elles narguaient le chien Turco qui donnait de la voix mais n'était pas très courageux pour aller les déloger là-haut.

Le soleil avait disparu derrière la colline. La « fraîcheur tombait ». Du bas de la pente, Maman criait mon nom. Les voisins relayaient : « Michèle ! Ta maman t'appelle ! » J'attendais la deuxième ou la troisième sommation pour consentir à abandonner la ferme et pour aller mettre mon gilet. Elle mettrait le même zèle à me poursuivre, dès le lendemain matin, avec mon chapeau de soleil. Son angoisse des vipères était constante. Nous avions ordre de rester sur les chemins. Le moindre brin d'herbe pouvait cacher un serpent prêt à mordre nos blancs mollets. Il ne fallait pas boire d'eau « trop froide », manger de bonbon « trop gros » ou courir « trop vite ».

J'avais besoin de beaucoup de ruses et de persévérance pour échapper à « trop de surveillance » Heureusement, la campagne était vaste et m'appartenait pour deux mois, du matin au soir. Dans ses lettres, mon père tente de modérer son inquiétude :

« Il fait beau. Mes filles doivent être contentes. Repose-toi le plus possible. Tu en as bien besoin. Les gosses sont en vacances. Elles n'ont pas besoin d'être toujours tirées à quatre épingles »

« Soigne bien mes deux diables mais soigne-toi aussi. Promène-toi un petit peu. Cela te fera du bien. »

« J'ai acheté des bonbons. Mais que pour celles qui seront sages ! »

« J'ai été bien déçu de te quitter ainsi, tu vis trop sur les nerfs. Ne t'inquiète pas toujours ainsi, ma chérie, les petites vont bien. Ce n'est pas huit jours de plus à Cour qui leur ferait tort. »

Il doit rester à Lyon pour travailler en attendant ses congés. Il s'active et trouve le temps, le soir, de raconter ses journées :

« Lundi boulot, le soir au jardin. Mardi, boulot, le soir au jardin. Il est 10h. Je viens juste de débarrasser la table. Demain, je vais faire des courses. Jeudi, je pense aller chez ta mère mais j'ai encore beaucoup à faire. Le soir, je suis claqué. »

« Ce soir, j'ai passé le buffet au vernis ainsi que les chaises. J'ai fait un filet pour séparer le blanc du gris. Je suis allé prendre des livres à la bibliothèque. »

« J'espère bien dormir malgré les 30° côté cuisine. A l'heure qu'il est tu n'as pas encore dû rassembler tout ton monde. Elles en

profitent un peu trop mais laisse leur un peu de liberté. Cela leur sera bien vite passé. Embrasse mes deux petites filles. J'espère qu'elles ne sont pas trop pénibles.»

Parfois, il s'en va « faire le pique-assiette » chez les grands-parents ou chez ses belles-sœurs et il réussit à faire une partie de boules avec « les deux Georges et le Pépé ».

Maman lui fait le récit de nos vacances :

Les petites, je ne les vois plus. En ce moment, elles préparent une fête avec toute la jeunesse de Cour. Elles vont jouer une pièce et elles vont danser. Inutile de te dire qu'elles sont en répétition toute la journée. Jusqu'à l'heure du goûter. Ensuite, elles partent « en champ ».

Cette nuit, Danièle est tombée du lit. Elle dormait à moitié quand je l'ai relevée et le matin, elle ne s'en souvenait plus.

Nous avons reçu la carte du ballon de Danièle suite au lâcher de ballon de dimanche dernier. Le ballon est allé jusqu'à Beaurepaire. Si tu avais vu comme elle était contente !

Enfin, son tour arrive ! C'est pour demain ! Papa va arriver !

Nous allions l'attendre sur la place. Trop longtemps à l'avance. Ce car n'arriverait jamais. Les minutes d'attente grignotaient mon espoir, fabriquaient des scénarios d'accident, d'absence inexpliquée. J'attrapais une feuille de platane que je décortiquais pour n'en garder que le squelette. Si je réussissais, le car arriverait. Mon père descendrait. Négligeant ma mère et ma sœur, il viendrait à moi en courant et me prendrait dans ses bras pour me soulever jusqu'au ciel.

Le car arrivait. Aux vitres, je ne voyais que des visages inconnus et, dans l'allée centrale, rien que des jambes difficiles à identifier. Des inconnus surgissaient, l'œil vague et le sourire niais, leur valise à la main. Enfin, il était là ! Il s'encadrait dans la porte, mon père, le plus grand, le plus beau de toute cette compagnie de gens médiocres et sans intérêt. Il descendait à son tour. Ma feuille de platane parfaite à la main, j'ouvrais les yeux aussi grands que possible pour absorber son image, pour fixer cet instant, un chromo en couleur, inaltérable, à convoquer à la demande pour le reste de ma vie. J'étais prête à m'envoler, hissée dans ses bras, frottée à ses joues. Le bonheur hurlait dans ma tête. Lui, souriait, serein, tellement calme. J'aurais voulu l'entendre crier de joie.

Je devais me contenter d'une caresse sur mes cheveux et d'un bref baiser. Nous nous disputions sa main libre. Nous prenions le chemin. Les folies resteraient mon secret mais, dès demain, je le suivrai partout.

Demain, nous grimperons au Rapi pour acheter des fromages secs à s'y casser les dents. Nous irons au Fit pour ramener un cageot de pêches. Elles sont énormes, mûres à point, leur peau de belles filles exsude une fine sueur. On plonge le nez dans leur chair et ça dégouline sur le menton et sur les mains. Je deviens abeille pour me sucrer de nectar. Je jette le méchant noyau par-dessus mon épaule pour qu'il pousse et me fasse un pêcher. Nous irons à la rivière. L'eau y est glacée. Elle court sur les rochers sauf en un certain endroit où se retrouvent les garçons du village, un bassin où l'eau se repose et devient plus profonde. J'ai ordre de ne pas m'approcher et je n'en ai nulle envie. Les baigneurs sautent en clamant leur joie dans des chambres à air de camion en guise de bouées.

Moi, je sais que je serais pétrie de trouille à rencontrer ainsi l'eau noire du « gou Perron ». Je me contente de patauger au bord et d'attraper des sauterelles avec mon chapeau. Demain matin, Papa se lèvera tôt. Il partira à la pêche. Mes sauterelles auront le corps perforé d'un hameçon et serviront d'appât à, qui sait, une truite peut-être ?

Il n'y aura que des goujons et quelques ablettes, tellement petits qu'on les mangera tout entiers. D'un coup de canif précis, on leur ouvre le ventre puis on appuie pour faire sortir les viscères. L'eau de la cuvette se colore en rose. Le torchon propre, se couvre de poissons couchés sur le flanc, l'œil rond et pensif. Un petit tas de gelée tremblotante, vessies natatoires et laitance grumeleuse, se forme sur la toile cirée. Le parfum de la rivière est dans la cuisine. Je prends les poissons par la queue et je les pose sur l'assiette couverte de farine. Dessus, dessous, les voici poudrés de frais, blancs comme Pierrot, prêts à sauter dans la friture pour en ressortir presque aussitôt, dorés, croustillants, dotés de sel et de citron pour s'agacer la langue. On se bat jusqu'au dernier, mince comme un fil. Papa nous regarde. Il est heureux.

Le quinze août marquait un tournant dans l'été. Toute la famille se trouvait bientôt réunie. Mes grands-parents arrivaient les premiers. Ils s'installaient à l'auberge pour laisser la place libre à filles, gendres et petits-enfants.

On ouvrait des lits-cages, on empilait quatre enfants tête-bêche, dans les lits à rouleaux, on sortait les tiroirs de la commode pour improviser des berceaux. Les chambres étaient pleines comme des nids. La cuisine bruyante comme une volière. Il fallait nourrir tout ce monde : œufs mimosas débordant de mayonnaise, salade craquante, ratatouilles géantes, civet de lapin. Le gratin dauphinois cuisait dans le four du boulanger. Après le melon et la petite goutte de vin pur qui l'accompagnait, il fallait attendre le retour du héros chargé d'aller chercher le plat. Il arrivait, les bras crispés par la charge, les mains protégées par un torchon et rivées au plat brûlant. On retenait notre souffle tandis qu'il accomplissait ses derniers pas vers la table. On s'écartait pour le laisser passer et là, du geste auguste du porteur de gratin, il se penchait, le buste à angle droit et se libérait de sa charge au milieu des vivats. Les bulles crevaient encore à la surface. Les pommes de terre étaient brunies, dorées, craquantes, fondantes, sucrées, salées, on n'en avait jamais mangé d'aussi bonnes. On finissait par se taire. Les cerveaux étaient dans les estomacs. On n'entendait plus que le bruit des fourchettes et la voix de Grand-mère qui disait :

— Demain, je vous ferai des tomates farcies...

Ce qui rassemblait ainsi la famille, outre le plaisir des retrouvailles, c'était le concours de boules et le bal du quinze août. La place du village et tous les chemins étaient réquisitionnés et transformés en terrains de boules. Soigneusement ratissés et balisés, ils étaient occupés par les équipes venues des villages environnants, dès le début de la matinée. Mes trois oncles, mon père et mon grand-père se préparaient à l'événement pendant l'année. Il ne s'agissait pas d'aller embrasser le portrait de « Fanny » qui, bien cachée dans son placard accroché à l'arbre de l'auberge, soulevait ses jupes pour montrer ses fesses aux perdants.

Je rodais d'un terrain à l'autre pendant la matinée. Vers midi, je m'arrangeais pour être au rendez-vous de l'apéro «Chez Bully». Les hommes commandaient des Ricard dans des verres cylindriques. Ils levaient la carafe brune et ventrue, humide de condensation. L'eau glacée frappait la liqueur et, magiquement, la transformait en un breuvage laiteux à l'odeur de bonbon. J'avais droit à une grenadine agrémentée d'une goutte du pastis de Papa. J'avais surtout droit à leur présence à tous. J'étais admise au cercle des hommes, autorisée à leur conversation, à leurs voix amples qui résonnaient dans la salle enfumée du café. J'étais grande. Privilégiée, distinguée du menu fretin composé de ma sœur et de ma tripotée de cousins, cousines. J'étais l'aînée.

L'après-midi, après la tomme fraîche, les fruits, la brioche et le café, les femmes s'attelaient à une gigantesque vaisselle. Les hommes repartaient au tournoi. Le dernier coup de torchon donné, ces dames dénouaient leur tablier. C'était le moment de montrer les larges jupes froncées, imprimées de fleurs, les corsages ajustés, les ballerines dernier cri ou les espadrilles à rubans noués autour de la cheville. Les cheveux brillaient. Il y avait eu, la veille, salon de coiffure au jardin. Les berlingots de shampoing Dop s'étaient déversés sans compter sur les chevelures rincées ensuite à grands coups de casseroles d'eau tiède. Elles étaient belles toutes les quatre. Elles avançaient sur le chemin, entourées comme des reines de leurs enfants joyeux. Elles allaient voir leurs hommes dans la chaleur de l'après-midi. Nous restions de longs moments à admirer l'habileté des joueurs. Le pointeur, conseillé par ses équipiers, jetait sa boule, comme au ralenti. Elle touchait le sol dans un petit jet de sable et s'en allait, docile, se ranger près du cochonnet. Point de paroles, triomphe modeste mais taille redressée. Quelques minutes plus tard, c'était l'effervescence, une décision était à prendre : le tireur de l'équipe adverse allait renverser la situation. On nous priait de nous écarter. Après trois pas de géant, il lançait la boule à la volée. Elle percutait le troupeau avec un claquement sec. Tout le monde se rassemblait autour des rescapées pour décider à qui attribuer les points. En cas de contestation, on mesurait les distances à l'aide d'une baguette en fer. Lorsque le soir tombait, les derniers jeux, ceux des finalistes, se déroulaient devant l'auberge de Blanche, à la lumière des guirlandes électriques. Les hommes de la famille, même s'ils n'avaient pas gagné, étaient comblés, un peu saouls de fatigue et de pastis, d'amitié et de fraternité. Ils refaisaient les parties avec des « si » et des « on aurait dû ». Le bal commençait sur la place. Nous nous endormions, pêle-mêle dans les lits, de la poussière du chemin collée à nos paupières et la musique du bal, en fond de rêves.

La rentrée des classes ne se faisait qu'en octobre. Nous avions tout le temps de goûter aux jours plus doux de septembre. On fêtait mon anniversaire. Cette année là, mon premier anniversaire à deux chiffres ! J'avais dix ans, un âge qui me semblait respectable, très convenable pour devenir adulte. J'ai l'image exacte de ce moment où je me suis dit : « Voilà, c'est fait, je suis une personne. Les autres ne le voient pas encore mais, à l'intérieur de mon corps d'enfant, il y a déjà la personne que je vais être. Ma vie n'appartient qu'à moi et je ne laisserai à quiconque le droit de décider à ma place. Je veux que ma vie soit belle et je fais la promesse de respecter les enfants comme je souhaite qu'on me respecte » J'avais, sous les yeux, des adultes qui ne savaient pas que je les observais passionnément. Qui n'avaient pas conscience que je voyais leurs manques, leurs petites mesquineries, leurs pitoyables efforts pour paraître ce qu'ils n'étaient pas. Je voyais les regards croisés, les peurs, les abandons mais aussi les espoirs et l'amour qu'ils tâchaient de garder vaillant. Je me suis dit que la vie n'était pas toujours douce, qu'il faudrait que je m'en empare pour la plier à ma façon et qu'elle m'avait été donnée pour que j'en fasse un bel ouvrage. J'avais du courage pour bâtir, pour me tenir droite, pour rendre fier mon père et pour rassurer ma mère. Oui, j'avais dix ans et je jure que j'ai pensé tout cela.

J'avais trop mangé de cet incroyable gâteau, le même à tous mes anniversaires. Il ne demandait pas de cuisson et était fait de biscuits « Thé-Brun » trempés dans du café et empilés en couches onctueuses, entrelardées de crème au beurre. Ecœurant, parfait. J'avais trop bu de vin blanc arrosé de limonade, champagne de mon enfance. Mon père chéri souriait. Il venait de m'offrir ma première lingerie, une merveille de combinaison en nylon blanc avec empiècement de dentelle, pliée dans du papier de soie et rangée dans une boîte rose qui valait, à elle seule, des applaudissements. Il l'avait choisie, en secret, à Lyon, juste pour moi. Ma mère faisait grise mine en pensant à ses propres « combines » un peu défraîchies, aux chemises « américaines », tricotées par Tatan, que j'allais bouder et à l'argent du ménage dépensé en futilité. Ma sœur était verte de jalousie. Et moi, j'étais au septième ciel ! J'ai passé la fin des vacances à ouvrir la boîte rose, à déplier le papier de soie et à caresser le nylon doux comme de la soie.

Papa reparti, le bien connu « cafard » est revenu grignoter la tête de Maman :

Mon Mau chéri,

Voici mon ménage enfin fini. J'ai réussi à endormir Nanou. Son papa lui manque. Quel vide depuis que tu es parti. Cette journée est plus longue que toutes les vacances. Lorsque le car a disparu je ne peux pas t'expliquer le grand vide que j'ai ressenti et je n'ai pas pu retenir mes larmes plus longtemps. Reviens vite mon Mau chéri vers ta Mone qui t'aime plus que tout au monde et vers tes deux petits bouts. Michèle a été sage à midi. Elle a demandé quel jour tu revenais. Elle n'a pas envie de quitter Cour. Elle s'occupe un peu de sa sœur. Elles s'amusent bien ensemble.

Le beau temps d'hier n'a pas duré. C'est le vent du midi et j'ai bien peur qu'il y ait de l'orage. Enfin, je suis courageuse, en pensant à toi je n'aurai pas peur.

A vendredi. Le temps me dure. Je te serre bien fort dans mes bras. Gros, gros mimis de tes deux petits bouts.

Si tu peux m'apporter du Semen-contra pour Michou et une bouteille de sirop Lecoeur pour Nanou. Michèle voudrait aussi un peu de coton à broder jaune. Il doit y en avoir dans le tiroir de la machine à coudre.

La fin septembre arrivait, inexorable. Il allait falloir abandonner les matins calmes et la torpeur de midi, les champs, les chèvres, mes amies de vacances, ma balançoire sur laquelle je passais des heures. Le corps tendu en arrière, en équilibre sur la pointe des pieds et les bras haut-levés, cramponnée aux chaînes, je me jetais en avant de tout mon poids, en arrondissant le dos puis en le creusant. Après quelques allers et retours, je réussissais à passer mon regard par-dessus la barre transversale. Je volais, le cœur en vertige, le ventre dur, un bourdon dans les oreilles. Le paysage en bascule venait à ma rencontre ou s'éloignait au rythme de mon effort, maintenant minime. C'était le meilleur moment. Celui où mon corps allait de lui-même. Puis la vitesse diminuait. Je frôlais l'herbe usée de la pointe du pied pour reconnaître le sol. Les images s'immobilisaient autour de moi. Les jambes en coton et l'estomac nauséeux, je reprenais contact avec la terre. La balançoire me servait aussi de siège pour de longs moments de lecture. Installée transversalement sur la planche, les genoux au menton ou les jambes pendantes, le dos scié en deux par la chaîne, je lisais pendant des heures, oubliant l'inconfort de mon perchoir. Il faudrait oublier la balançoire, les orgies de fruits, les parfums du soir, les stridulations des grillons. Ma liberté. Le CM2 m'attendait.

A la rentrée, je suis immédiatement tombée amoureuse de Mademoiselle Bertholami. Tellement jeune, tellement belle, tellement blonde et élégante et joyeuse ! Elle s'embrouillait dans les problèmes mais lisait d'une voix si douce « Le Petit Prince » dans la torpeur des fins d'après-midi. Vers 16h, apparaissait le livreur de lait mandaté par Monsieur Mendès-France, soucieux de la santé des écoliers français. L'homme posait sur le radiateur une caisse pleine de petites bouteilles. Lorsqu'elles avaient tiédi, nous allions en prendre une. Il fallait percer la capsule et insérer la paille. Le lait coulait alors dans notre gorge, suave. Et les mots de Saint Exupéry ou de Colette coulaient dans nos mémoires. Je me gorgeais du « chaud jardin qui se nourrissait d'une lumière jaune à tremblements rouges et violets ». Je me roulais dans le rythme parfait des phrases de Colette, saoule de lait et de mots, chatte plus chatte que Shâh.

Bien nourrie de mots et de lait, je rentrais à la maison où j'écrivais des histoires. Découpées, reliées, cousues, j'en fabriquais des livres.

J'avais une amie, une « meilleure amie ». Elle s'appelait Michelle, comme moi. J'admirais ses cheveux noirs bien tirés en queue de cheval, ses fines socquettes blanches et ses souliers vernis. Elle était fille unique. Ses parents se déplaçaient à moto. Elle vivait dans un vaste appartement très clair où les planchers grinçaient sous les pas. Sa chambre était immense, remplie de jouets fabuleux, de petites voitures et de figurines de cow-boy et d'indiens. Elle lisait des bandes dessinées et des illustrés. Elle savait dessiner les chevaux. Elle avait la télévision. Quel exotisme ! Il existait donc, à deux pas de chez moi, une façon de vivre différente, un tel luxe. La merveilleuse idée fut de l'emmener en vacances avec nous. Quel fantastique été ! Son imagination féconde nous entraînait dans des scénarios hollywoodiens : poursuites, chevauchées, guet-apens, la charge de la cavalerie légère nous sauvait au dernier moment grâce au chien Rintintin qui avait traversé la prairie en bravant tous les dangers. Michelle m'apprit à fabriquer des arcs et des flèches, des lance-pierres avec des morceaux de chambre à air découpée. Nous construisions des cabanes de feuillage qui s'écroulaient au premier orage.

Le front ceint d'un élastique pour retenir notre parure de guerre en plumes de poules, nous partions à la chasse, en cachette des petits. Nous allongions le pas et courbions le dos en jetant des regards furtifs à droite et à gauche. Par crainte d'une attaque surprise, toujours possible, nous devions nous agenouiller et coller notre oreille au sol afin de percevoir le bruit des sabots de la troupe ennemie.

« Hugh ! Grand Chef Taureau Debout n'entend rien. Grand Chef Taureau Debout dit : on peut continuer »

A force de lancer des cailloux et des flèches sur les petits oiseaux, nous avons fini par en toucher un, un peu suicidaire sans doute, ou pas très dégourdi. Nous avons fièrement et en toute innocence rapporté notre trophée à demi-mort. Contre toute attente, on ne nous a pas félicitées. Maman nous a confisqué le lance-pierres. Elle a ressuscité l'oiseau d'une goutte de vin au fond du gosier et a rafistolé son aile d'une attelle puis elle l'a mis en convalescence dans du coton, au fond d'une boîte. Ma sœur fut promue infirmière, chargée de surveiller sa guérison. Nous, les Indiens, désarmés et incompris sommes allés fumer un petit calumet dans notre tipi, au fond du jardin.

Ensemble, nous avons réinventé le cinéma. Il avait d'abord fallu dessiner, sur papier calque, tous les personnages, Donald et ses neveux, l'oncle Picsou, Mickey, Tom et Jerry. Notre projecteur était une boîte à chaussures équipée d'une lampe de poche. Dans le noir absolu de la resserre à bois, les pieds dans les copeaux et la tête dans les toiles d'araignées, nous organisions des projections pour ma sœur et mes cousins. Les dialogues se faisaient en direct, les images étaient incertaines et les pannes fréquentes mais on n'avait jamais vu un si beau film ! A l'entracte, il y avait des bonbons.

En sixième, Michelle et moi avons été séparées et notre belle amitié s'est arrêtée là.

6 - Et le bon temps roulait

Papa a ouvert un cahier de comptes. Rien ne doit manquer à sa fille qui « entre en sixième ». Sans examen ! Il répète cette nouvelle au libraire, au papetier, au marchand de chaussures et sans doute à ses collègues. En haut de la page, il écrit « Fournitures scolaires Michèle ». La liste est longue ! Les livres neufs coûtent 3927 francs, les livres d'occasion 622. Il me faut 14 cahiers, des protège-cahiers, de l'encre pour mon stylo, des pinceaux, des feuilles de dessin, des sandales de gym. Le sac de sport coûte 160 francs. Il faut aussi payer le carnet trimestriel et le carnet mensuel. Au total 9814 Francs. Il gagne 54 000 francs par mois. Depuis le début de l'année, il a accepté une retraite anticipée de l'Arsenal et il travaille aux Etablissements Seguin. Nous sommes riches ! Dans son cahier de comptes, il y a une page pour le jardin où il note le prix des graines : 1820 francs pour l'année. Mais les graines ont rapporté 190 carottes et 90 tomates, des haricots en pagaille et des salades, de quoi nourrir un pensionnat !

Maman a cousu des robes pour Mme Chaboud. Le prix des fournitures est soigneusement répertorié, depuis le « patron » jusqu'à « l'extra-fort ». Elle se fera rembourser et ajoutera quelques centaines de francs pour son travail. Elle assemble aussi de luxueuses robes de petite fille qui lui sont livrées en pièces détachées et qu'elle doit rendre impeccables la semaine suivante. Elle a caché qu'elle ne possédait pas de machine à coudre électrique et se tue à pédaler de plus en plus vite sur sa Singer.

Elle ne supporte plus cet appartement exigu. Et elle fait taire Papa lorsqu'il évoque, bien trop souvent, sa possible disparition :

— Si je ne suis plus là, tu auras ma pension de l'Arsenal...

Malgré tout, pour nous, le bon temps roulait.

Un jour, une lettre est arrivée.

Lyon le 15 novembre 1958

Madame,

Pouvez-vous venir jeudi 19 novembre me chercher à la maison (33 rue Malesherbes). Nous irons ensemble voir le président des HLM. Apportez votre livret de famille. Il doit y avoir une répartition à Viviani courant mars et je voudrais qu'enfin on vous donne un appartement. Venez avec vos enfants. Donc à jeudi matin vers 10h et quart.

Agréez, Madame mes salutations.

J. Bernon.

Convocation mystérieuse. Je fouille ma mémoire pour retrouver la trace de ce jeudi. Il fait froid et humide. Maman nous couvre de lainages. J'ai du mal à fermer mon manteau. C'et mon « poil de chameau » beige. Il était trop grand il y a deux hivers, parfait l'an dernier, le voici trop « juste ». Il n'y a plus d'ourlet à défaire. Maman a rajouté une bande de tissu écossais au bas des manches mais pour la carrure elle ne peut rien faire. Nos chaussures sont neuves. C'est la Tatan Marie qui nous les a payées. Maman est emmitouflée dans son « ourson », une fourrure synthétique qu'elle bénit chaque jour. Elle est si frileuse. Ses jambes dépassent du manteau comme deux frêles échasses. Elle est soucieuse, ne parle pas, nous bouscule à peine, c'est inhabituel ! Nous marchons vite. Elle serre son sac contre elle.

Rue Malesherbes, une femme nous ouvre la porte. Maman sort une enveloppe de son sac. L'enveloppe disparait dans le tiroir d'un meuble. Nous repartons aussitôt avec cette femme, en bus cette fois. Plus tard, nous pénétrons dans un immeuble moderne du Quai Perrache. Au premier étage, la porte s'ouvre sur des bureaux. Un homme nous reçoit. Maman est muette. La femme parle. L'entretien est bref. Nous rentrons toutes les trois à la maison. Maman est toujours muette. Elle a le visage gris. Elle prépare le repas en automate. Nous n'osons pas faire de bruit.

La vie reprend dans le grenier. Je suis en sixième, à l'annexe du Lycée Marie Vidalenc. Je ne comprends rien à ce défilé de profs qui ne me reconnaissent pas parmi les quarante élèves, toutes habillées de blouses bleues marquée à leur nom. Je ne comprends rien aux cours, j'oublie le bon cahier, je me trompe d'exercice, je ne retiens pas les leçons. Les cours de gym sont une torture. Jamais je ne pourrai me hisser sur cette corde lisse qui m'arrache la peau des mains et des mollets. La prof de Musique me terrorise. J'ai mal au ventre dès le dimanche après-midi dans la terreur du cours du lundi. Il faut chanter les notes inscrites sur la portée. Il faut écrire les notes que chante le piano. Est-ce vraiment cela la musique ? Dans la cuisine, lorsque la radio joue, nous dansons, ma sœur et moi. Nous hurlons des airs d'opéra connus de nous seules. Nous chantons à tue-tête « Bambino » et « Hello le soleil brille, brille, brille » Ça c'est de la belle musique ! Loin de ces insectes qui grimpent sur les lignes noires. J'ai des notes minables, alors que j'ai toujours été « dans les cinq premières ». C'était l'objectif dicté par Papa. « Tu travailles pour toi » ne cessait-il de répéter. Il était fier de signer mes carnets de notes et j'étais tellement heureuse de le rendre heureux. Il ne me gronde pas mais je vois son souci face à cette dégringolade. J'ai beau faire et tenter de l'enrayer, je n'y arrive pas. Je trotte dans les rues grises jusqu'à l'annexe grise.

Ce matin là, les cours ne commencent qu'à neuf heures. Je peux donc profiter de la compagnie de Maman et de Danièle jusqu'à la Place Guichard où ma sœur vient d'entrer au CP. Une main crispée sur le cartable, l'autre accrochée à l'ourson de Maman, nous partons comme tant d'autres jours. Soudain, l'ourson se met à danser, à rire et à chanter ! Maman, si réservée d'habitude, nous embrasse et pirouette comme une folle. Nous sommes un peu gênées par tant de démonstrations et nous attendons de connaître la raison de toute cette danse. Elle tient à la main une lettre qu'elle vient de trouver dans la boîte aux lettres.

— Nous avons un appartement ! On nous a attribué un appartement ! Un F3 tout neuf, pas encore fini ! La livraison est pour Avril ! Au N°53 du Boulevard des Etats-Unis ! Au quatrième étage ! Il y a le chauffage central, une salle de bain et deux balcons !

Elle s'essouffle à répéter ces phrases incroyables et nous, on la regarde être heureuse. Et c'est bon. Meilleur que la meilleure des nouvelles. Sa renaissance, son espoir de lumière et d'espace après ces années où le moindre objet tenait trop de place, où il fallait se méfier du feu, compter l'eau chaude, jongler avec les lessives qui ne séchaient jamais, faire avec les méchancetés de la probloc et les remarques mesquines de la voisine du dessous qui se plaignait de nos galopades de petites filles au-dessus de sa tête. Et, par-dessus tout, en finir avec l'attente.

Oui, elle était au jour zéro de son futur bonheur en ce 15 décembre 1958. Et ça valait bien une danse. Nous ne saurions jamais si l'enveloppe avait joué un rôle dans l'avancée du dossier ou si nos parents avaient sacrifié quelques beaux billets pour rien.

Il y eut quelques mois de joyeuse effervescence. Nous allions choisir le papier peint, une couleur différente pour chaque pièce, les lustres, à trois branches pour le séjour, l'opaline rose pour la chambre des parents, des cornets de plastique multicolore pour notre chambre. Nous dansions encore dans les rues, chargés de nos paquets comme des Pères-Noëls. La vie était un gros cadeau à déballer en riant. Papa avait annoncé la nouvelle à Aline et à Alphonse. Lorsque les travaux de la ferme lui en laissaient le temps, pendant l'hiver, Alphonse aimait consacrer des moments à la menuiserie. Il nous fabriqua deux lits superbes, en merisier blond. J'allais pouvoir abandonner mon divan ! Les parents disparaissaient le week-end, nous laissaient à la garde de nos grands-parents. Il fallait passer les parquets au vernis, le V33, qui transformait le sol des pièces en rutilantes salles de bal. Il fallait coller la tapisserie. Celle de notre chambre était un livre d'images parsemé de maisons, de voitures, d'animaux et de personnages. A regarder sans cesse pour en saisir tous les détails. Je vais avoir un bureau dont je pourrai soulever la tablette pour ranger mes livres. Je dois l'appeler « pupitre ».

Nous emménageons le premier jour des vacances de Pâques. Nous ne nous lassons pas de parcourir notre château. Les pièces s'ouvrent toutes sur un hall carré. Le jeu consiste à se croiser dans le hall et à partir en expédition de la chambre des parents à la nôtre, de la salle de bains à la cuisine. Nous cavalons d'une pièce à l'autre, éblouies par la lumière qui pénètre chez nous par les larges baies exposées plein ouest. Nous tournons les robinets, eau chaude, eau froide. La vaisselle est une fête ! Le vide-ordure nous fascine. On en use et en abuse à longueur de temps, à l'affut du moindre prospectus, des quatre trognons de pomme à jeter un par un. Les balcons nous ravissent. Les gros radiateurs en fonte servent de sèche-linge mais aussi de téléphone pour communiquer avec les voisins à grands coups de cuillères. Très vite, nous connaissons tous les occupants des dix appartements du N°53, des familles comme la nôtre avec un ou deux enfants qui deviennent nos amis pour des parties de ballon prisonnier, dans la cour, à l'arrière de l'immeuble.

Du haut de notre quatrième étage, nous dominons des parterres de gazon et des rosiers en fleur. Nous voyons Fourvière au loin et juste en face de chez nous, le chantier du lycée Lumière en construction. Le boulevard des Etats-Unis n'est encore qu'une étendue boueuse qui ne débouche nulle part. Pour les courses, nous irons « dans les Vieux-Etats », au bas des immeubles Tony Garnier devant lesquels Papa est passé tant de fois en rêvant, lorsqu'il allait travailler au jardin. Le jardin n'existe plus. A l'autre bout du boulevard, tout est en chantier. D'autres immeubles se construisent. La France est un vaste chantier qui doit remédier à la « crise du logement ». Ces belles barres rectilignes nous semblent le sommet du luxe. Notre appartement, le sommet du confort. Nous barbotons à l'aise dans notre baignoire-sabot tous les dimanches.

Ma sœur termine son CP à l'école du boulevard et moi, je dois prendre le bus 23 pour rejoindre mon lycée. Nous nous penchons toutes les trois, à la fenêtre de la chambre, pour dire au-revoir à Daddy (j'apprends l'anglais !) qui s'envole sur sa mobylette. Maman ne sait où donner de la tête dans cette vaste demeure. Elle se console de son Prisunic de la Place du Pont en découvrant celui du Bachut mais elle regrette sa rue Paul Bert grouillante de bruit et de passants.

Le mois de mai est là. Papa s'installe, le soir, à la table de la salle à manger pour consulter les menus du traiteur Rivoire. La date de ma communion solennelle approche. Il faut réfléchir au nombre d'invités mais, dans une si grande maison, il semble illimité. Mes parents se décident pour le menu N°4 à 17 Francs, celui avec les cornets Pompadour, le brochet à la Manon et les pintadons sur canapé. Il y aura une pièce-montée, bien entendu. Additions, multiplications, ajouter les boissons, le tissu pour le tailleur bleu de Maman, le coton blanc de mon aube et la jolie robe pour Danièle, des chaussures pour tout le monde, des dragées en boîte pour les uns, en cornets pour les autres, les images saintes à distribuer à tous, le photographe.... Soustractions... Restera t-il assez d'argent pour que Papa se fasse tailler un nouveau costume ? En 1959, il a déclaré 830 056 francs de revenus. Notre luxueux appartement lui coûte 8550 francs par mois. Dans quelques mois, le 1er janvier 1960, le nouveau franc va arriver. Le loyer ne sera plus que de 85,50 francs par mois ! Divisions... Ma pauvre Tatan Marie n'y comprend rien. Elle se croit ruinée.

Pendant que Papa se penche sur le menu et sur les comptes, Maman va me coudre mon aube. L'aumônier du lycée a imposé une tenue sobre pour le grand jour. C'en est fini des robes de tulle et de dentelle qui transformaient les petites filles de onze ans en mariées équivoques et qui faisaient de leur procession un défilé de mode où chaque famille était en concurrence pour plus de passementerie, plus de voile, plus de fleurs sur la couronne. Les garçons y gagnent leur première et dernière robe. Elle va remplacer le costume bleu-marine et le brassard blanc porté au bras. Une lourde croix de bois complète leur tenue. Grand-mère est désespérée. Elle conserve, dans du papier de soie, depuis plus de vingt ans, la robe qui a servi à ses quatre filles. Je ne la porterai pas. Elle s'en console en trichant un peu sur la modestie de l'aube imposée. J'aurai un col rond et deux larges plis, surpiqués et soulignés d'un biais, sur les côtés, un voile léger, une cordelière pour ceinture, des gants en dentelle du Puy. Une aumônière, ça va se soi ! Et une croix en or. Mes cheveux sont coupés et permanentés. Ceux de ma sœur aussi.

Nous avons trois jours de retraite. Trois jours sans école donc. Et trois jours où nous allons dormir loin de chez nous. Le couvent où nous sommes regroupées m'éblouit. Tout y resplendit de propreté, tout y est démesuré : les longues tables du réfectoire, le sol carrelé impeccable, les hautes fenêtres, le dortoir aéré et frais, les draps délicieusement blancs et repassés. Les petites nonnes au sourire perpétuellement radieux nous servent des mets venus du ciel et de larges tranches de pain au goût de brioche. Je me laisse porter par le rituel : une messe par jour, les vêpres, la prière du soir, le Bénédicité avant chaque repas... Tout est simple et rassurant, réglé comme les cantiques que nous chantons à en perdre la voix. Nous répétons la cérémonie pendant des heures, procession, station debout, à genoux, déplacement bien ordonné au moment de la communion, retour à sa place, méditation pieuse, la tête dans les mains. L'odeur de l'encens et des fleurs qui ornent l'église me tourne un peu la tête. Je flotte, légère, au-dessus de mes anciennes perplexités. Plus une once de doute. Je crois en Dieu. J'envisage de rester pour toujours en ce lieu si paisible. Je serai bonne sœur, cuisinière ou jardinière. Je prierai pour le salut des âmes.

A la maison, le jour venu, toutes les rallonges sont mises à la table de la salle à manger. Maman a sorti la nappe blanche et la vaisselle des grands jours. Les plats arrivent, de chez Rivoire, la plus belle charcuterie du boulevard, toute en miroirs et en lumières. Il ne peut en sortir que des mets délicieux : un brochet luisant de gelée, cerné de crevettes moustachues, entouré de dômes de mayonnaise, du jambon enroulé en cornet remplis de macédoine, des pintades dorées, des haricots verts extra-fins. La pièce-montée vient de chez le pâtissier d'en face. Drapée dans ses fils de caramel, piquée de dragées blanches et surmontée d'une communiante en plastique, elle est parfaite. Les convives applaudissent. Aline, Francine et Louis sont là, heureux de se retrouver avec leur Momo et sa famille. Papa est radieux dans son bel appartement. Il nous mange des yeux : ses deux beaux enfants, sa Simone dans son tailleur bleu, le front plissé par le souci de bien faire. Un air doux entre par la baie grande ouverte. Des bavardages bénins se croisent et s'éteignent. C'est un temps suspendu, une bulle de bonheur à accrocher, solide, au fil de la mémoire.

La messe au Saint sacrement s'est déroulée, le matin, avec le faste prévu. Le dernier chou à la crème avalé, nous repartons pour une nouvelle cérémonie, à Fourvière, cette fois. Des groupes venus de tous les quartiers de Lyon se retrouvent à la Basilique pour les Vêpres. Encore des cantiques, de l'encens et des cierges. Je porte ma première montre. J'ai un missel doré sur tranche, relié de cuir, un appareil photo. Je distribue mes images pieuses signées de ma main.

L'été arrive.

Nous retrouvons Cour. Papa a travaillé, pendant l'année, à la fabrication d'un portail en fer forgé. Il va nous être livré par un transporteur comme la balançoire réalisée l'an dernier. Papa va le peindre en vert et l'installer au bout de la palissade neuve puis il va poser, fièrement appuyé à son œuvre. Je prends la photo avec mon appareil tout neuf. Diane a posé ses pattes sur le portail. On voit son museau à travers les grilles. Ma douce Diane à qui je récite des vers de Lamartine : *« une levrette blanche au museau de gazelle, au poil ondé de soie, au cou de tourterelle »*. Elle apprécie, en tortillant du cul.

Je tente de retrouver mon élan de bonheur à retrouver Marie-Claire, les prés et la rivière, mais une subtile différence vient gêner cet élan. Marie-Claire a des seins qui gonflent sa robe en Vichy, des ballerines pointues qui interdisent la course. Une inconnue. Elle ne semble pas comprendre ma hâte à la retrouver et le plaisir qu'il y a à aller garder les chèvres. Elle m'emmène faire le tour du village pour rejoindre la bande des filles, des géantes, toutes habillées de rose, et qui piaillent et ricanent en passant devant les groupes de garçons. Ils stationnent, assis sur les marches de la mairie en fumant des cigarettes. Ils lancent des mots que je ne comprends pas, me jaugent et s'esclaffent. Trop petite, trop maigre, impropre à la consommation, je me réfugie sur ma balançoire pour lire « Le petit Chose ».

Papa est parti à la pêche de bon matin. Lorsque j'entends le bruit de ses bottes sur le chemin, je me précipite. Il n'a pas son grand sourire. Son pas n'est pas alerte. Il marche difficilement, encombré par ses cannes et son panier, à bout de souffle. Plus il approche, plus je vois son visage qui se tord de douleur. Je l'accompagne jusqu'à la cuisine où il se laisse tomber sur une chaise.

— Quelle connerie ! Je me suis foutu en l'air dans le pré en pente au-dessus de la rivière. L'herbe était trempée.

Je voulais monter pour contourner le passage de rochers et, arrivé en haut, j'ai glissé et je me suis retrouvé en bas, de tout mon poids sur la barrière. Un piquet dans le bide !

Nous sommes là, toutes les trois autour de lui, plus pâles que lui. Les cannes et le panier gisent au sol. Maman fouille sa mémoire pour trouver le geste à faire, le médicament à donner. De l'eau blanche, de l'aspirine, désinfecter la plaie, mettre un pansement. Elle s'agite et s'énerve, offre un verre d'eau. Ses larmes coulent sans qu'elle prenne le temps de les essuyer. Je suis figée. Ma terreur est figée quelque part entre ma gorge et mon cœur. Mon héros est tombé. Mon héros est blessé. Ma sœur serre son poupon contre elle et ouvre de grands yeux. Nous ne le savons pas encore, ou peut-être le savons-nous déjà, notre vie a changé à cet instant, là, dans la cuisine fraîche de cette maison que nous aimons tant et où nous avons été si heureux.

Je rentre en cinquième dans les « baraques » de la Place Guichard. Des préfabriqués ont été installés pour accueillir les filles du baby-boom : deux classes par « baraque », un couloir pour les séparer et, au fond du couloir, un poêle qui doit nous chauffer toutes. Une surveillante campe là, pendant les cours. Elle surveille le poêle, nos entrées et nos sorties, vérifie nos carnets de notes, la signature des parents au bas des pages, chaque mois, et distribue les mauvaises notes qui, additionnées, nous vaudront des heures de colle. Nous sommes 42 ! Le premier jour, je rentre en larmes à la maison. J'ai acheté, le matin même, une carte de transport qui doit me servir toute la semaine et que je dois présenter à l'employé chaque fois que je monte dans le bus. A midi, ma carte a déjà disparu. Je suis désespérée. Je pleure à chaudes larmes. J'ai gaspillé l'argent de mes parents qui doivent me donner de quoi en acheter une nouvelle. Elle disparait aussi vite que la précédente. Je repleure à chaudes larmes. Sherlock Holmes dénoue l'énigme. Une voleuse rôde dans le couloir. Dorénavant, je rangerai ma carte dans mon cartable.

7 - La fin des haricots

Papa est à la maison. Il n'a pas repris son travail en octobre. Il a maigri. Il digère mal et n'a pas d'appétit. Le Docteur Burlaton, celui-là même qui venait soigner nos rougeoles et nos varicelles et qui proposait, avec le sentiment d'être le plus drôle des docteurs, de couper la langue de Michèle, de la hacher menu, de la faire macérer et d'en faire un médicament pour Danièle (ou l'inverse), le Docteur Burlaton donc, a examiné Papa. Il lui a trouvé l'œil jaune et la mine jaune. Papa a la jaunisse. Une maladie comme une autre. La rougeole nous peint en rouge, la rubéole en rose, la varicelle en monstres à pustules. La jaunisse de Papa le peint en jaune. Quoi de plus banal ? Maman cuisine des carottes bouillies et des poireaux. Pour le guérir.

C'est étrange de trouver Papa à la maison quand on rentre de l'école. Chaque soir, c'est comme un dimanche, nous sommes tous les quatre ensemble pour de longues heures. Je devrais me réjouir de sa présence, en profiter pour lui réciter mes leçons et lui raconter ma journée, pour rire avec lui de la folle « Talamuche », notre prof de français, qui œuvre à décourager de la lecture des générations d'élèves. Je devrais l'entourer, exiger son regard, l'amuser, le surprendre... Mais l'odeur du poireau flotte et dresse, peu à peu, entre lui et moi un mur infranchissable qui s'appelle maladie. Maladie, peur, impuissance. Je ne peux plus l'approcher, encore moins le toucher. Je me refuse à formuler l'indicible mais il envahit tous les pores de ma peau, toutes les cellules de mon corps. Je suis lourde de cette maladie qui est entrée en lui. Elle pèse sur mes pas. Elle éteint mes rêves. Elle endort toute joie. Je viens d'avoir douze ans et je suis triste comme une vieille. Mon amour pour lui est tombé dans le gouffre au bas de la rivière. Je ne peux plus l'aimer. J'ai besoin qu'il soit grand et fort et vaillant pour l'aimer. Il est tassé sur sa chaise ou allongé sur le divan. Il m'a abandonné en lâche, m'a laissé couler de lui en ouvrant ses bras au lieu de les serrer. Je tombe, de la cendre sous les paupières, un trou béant au fond du ventre. Maman est de plus en plus maigre et grise.

En novembre, il est hospitalisé à l'hôpital Edouard Herriot. Maman va le voir tous les jours, en fin d'après-midi, aux heures de visite. Lorsque nous rentrons de l'école, la maison est vide. Danièle a attendu mon retour chez une voisine. Je la prends au passage, je fouille mon cartable à la recherche de la clé toute neuve et brillante avec la trouille de l'avoir perdue. J'ouvre la porte de cet appartement qui devait être celui du bonheur. Il fait déjà sombre. J'appuie sur tous les interrupteurs. Nous nous postons devant la fenêtre de la cuisine. Là-bas, au loin, jusqu'où porte notre regard, une lumière s'allume et s'éteint trois fois. C'est Grand-père qui a guetté notre retour et qui nous fait signe dans la nuit pour nous dire qu'il pense à nous, qu'il nous aime, qu'il en crève de nous savoir seules et qu'il en crèvera si cet homme si bon, son gendre préféré, le mari de sa fragile Simone, oui, il en crèvera s'il meurt avant lui. Nous répondons par trois signaux de lumière pour lui dire : nous sommes là, Grand-père, bien au chaud, à l'abri. Maman a laissé un mot sur la table : *« Michèle surveille ta sœur. Faites vos devoirs. Ne touchez pas au gaz. N'ouvrez à personne si on sonne. »* Maman va rentrer, flottant dans son manteau en ourson. Elle aura son regard absent. Que voit-elle lorsqu'elle ne nous voit pas ? Je ferai mes devoirs, je ferai lire ma sœur et je lui dicterai ses dix mots à apprendre. Nous aurons faim. Elle nous préparera une soupe de pâtes et coupera un tiers de deux tranches de jambon pour faire trois parts. Nous ne parlerons pas. Nous irons nous coucher. Elle aussi. Puis, elle se relèvera, glacée, dans sa chemise de nuit trop fine et se plantera devant le compteur du gaz, dans le hall. Elle agitera son doigt de haut en bas en regardant le robinet et en marmonnant « fermé, fermé ». Il doit être vertical pour que le gaz soit fermé. Son obsession. Son angoisse qui va la jeter hors du lit, encore et encore jusqu'à ce que je me lève, excédée, pour la raccompagner dans son lit. Et pour qu'enfin elle y reste. Nous nous endormons, abruties de vide et de manque.

Le 7 décembre, Papa a écrit et signé un court paragraphe : « *J'autorise ma femme à percevoir pour mon compte les sommes qui me sont dues par la trésorerie.* » Le 8 décembre,

Maman est allée à la Mairie du huitième pour demander un document officiel : « Certificat de vie-procuration ». Il stipule que Maurice Rodier est dans l'impossibilité permanente de se déplacer pour raison de santé et qu'il donne procuration à son épouse. Au-dessous de la rubrique « signature du mandant » il est écrit : ne peut signer. Il y aura un nouveau coup de tampon daté du 15 mars pour attester que la personne est toujours vivante et toujours dans l'impossibilité de se déplacer.

Avec décembre, arrivent les joies factices des lumières dans les rues. La foule se hâte d'une boutique à l'autre, des paquets enrubannés plein les bras. Des airs connus s'échappent des grands magasins. Ma sœur veut aller voir le Père Noël. Sans aucun doute, elle aura son beau landau cette année. Il y a toute la place dans notre nouvelle demeure.

Papa a été opéré. Un soir, en rentrant de l'école, j'entends des cris derrière la porte. C'est ma grand-mère qui vient m'ouvrir. Ma mère hurle, couchée sur son lit. J'ai encore dans l'oreille ses hurlements. Je rejoins ma sœur dans notre chambre. La porte est ouverte sur le hall carré. Les cris durent longtemps. Nous entendons ses mots de désespoir. Elle ne peut pas croire à l'injustice qui lui est faite. Elle en veut au Bon Dieu qu'elle a toujours servi et écouté. « Pourquoi moi, pourquoi moi, c'est injuste, Je n'ai jamais rien fait de mal. Pourquoi le Bon Dieu me punit-il ? » ne cesse-t-elle de répéter. Grand-mère l'exhorte à se calmer : « Là, là, calme-toi. Doucement. Pense à tes enfants ».

Nous sommes muettes et immobiles. Je cherche ce que je dois faire. Je ne trouve rien.

Le chirurgien a été catégorique. Il a croisé Maman dans le couloir et a jeté sa sentence : *« votre mari est fichu »* A-t-il dit « fichu » « perdu » « condamné » ? Maman a compris. Son amour va mourir.

Nous, on ne sait pas. On ne veut pas savoir. Personne ne posera de mots sur ses cris. Nous ne poserons pas de questions. Notre bouche ne pourra dire les mots. Nous regardons notre beau papier peint illustré comme un livre d'images et nous voulons juste que le temps s'arrête, que l'horloge tourne à l'envers et nous ramène aux heures d'avant, quand nous avions encore un père vaillant et une mère attentive. Nous trébuchons dans l'inconnu.

Il n'y aura pas de Noël cette année. Mais Papa reviendra pour le premier janvier. Le docteur l'a promis. Nous passons notre première semaine de vacances à préparer un spectacle pour célébrer son retour. Je harcèle ma sœur pour qu'elle apprenne son rôle. Dès que sa bonne volonté faiblit, je lui fais du chantage : « C'est pour Papa ! Applique-toi sinon il ne sera pas content. » Je lui tire les cheveux pour réaliser un chignon de danseuse parfait. « C'est pour Papa ! » Nous répétons des chansons, des danses. Le spectacle aura lieu dans le hall. Papa est installé dans son lit. Il sourit faiblement et applaudit. Nous ouvrons nos cadeaux. Pour lui un agenda de l'année 1960.

Nous l'avons acheté au Grand Bazar des Cordeliers.

— Il n'en aura pas besoin, Maman.

J'aurais voulu entendre des protestations. Une bonne gifle m'aurait rassurée. Ou des paroles claires. Maman se tait.

Une bonne sœur vient lui faire des piqûres tous les jours. Elle sort une seringue d'une boîte métallique, ajuste une aiguille, aspire le liquide du petit flacon et pique son bras. Un peu de coton rougi reste sur la table de nuit. Une odeur douçâtre rampe avec les vapeurs d'éther. Papa tente un merci, un sourire. Je l'entends dire :

— C'est la fin des haricots...

Il ne quitte plus son lit. Il ne parle pas. Les jours sont de cendre et de suie. Nous traînons en silence d'une pièce à l'autre, trois fantômes flottant dans l'irréalité de ce qui va advenir. L'ennui gonfle comme une outre gigantesque qui va nous avaler. Lorsque la nuit tombe, nous allumons trois fois les lumières de la cuisine, certaines que Grand-père est à sa fenêtre et qu'il va nous répondre. Quelques jours à peine et notre père s'en retourne à l'hôpital. Maman reprend ses visites du soir. Nous reprenons l'école.

A partir de cet instant, je vais taire ma situation. C'est sale et malpoli d'avoir un père malade.

Normale. Je veux à tout prix être normale. La surveillante me convoque : la signature au bas de mon bulletin lui paraît suspecte. Ce n'est plus l'élégant paraphe du mois précédent. Mon père a tremblé. Sa main, trop fatiguée, n'a pas su. Je bredouille une explication, un stylo qui marchait mal. Elle n'insiste pas. Ce fut sa dernière signature, en janvier 60. Quelques jours plus tard, je suis à nouveau convoquée. Au « grand lycée » cette fois. J'ai coché la case « non » au bas de la demande de participation à la Caisse de Solidarité. Non, je ne demanderai pas les cinq francs à ma mère. Si petite que soit la somme, je veux l'économiser. Je suis dans le bureau de la Directrice. Elle veut savoir. Ça sent l'encaustique. Il fait sombre. Elle me questionne. Je me tais. Elle insiste. Je finis pas lâcher une parcelle de vérité. La connerie faite femme me lance « que si c'est le cas, j'en aurais sans doute bien besoin de la Caisse de Solidarité et que ma mère ferait bien de payer la cotisation.» A ces mots, j'ai levé mes yeux de douze ans et, pour la première fois de ma vie, j'ai haï quelqu'un. Je l'ai haï à la renverser par terre, elle, son gros derrière, ses mollets gras plantés dans des chaussures d'où les pieds débordaient, ses frisettes décolorées, son rouge à lèvre qui débordait sur sa bouche en cul de poule, son parfum douçâtre. J'ai haï sa vulgarité de corps et d'âme. Je suis partie vomir dans les toilettes en regrettant de ne pas l'avoir fait sur ses pieds.

Je ne dis rien à mes amies. Je trotte dans le froid de janvier, sous la neige de février, sous la pluie de mars, je trotte de la maison vide au lycée ennuyeux. Je ne comprends rien aux cours. J'accumule les notes désastreuses. J'oublie tous les jours un livre, un cahier, un devoir. Je ne lis plus. J'ai froid, continuellement froid. Mes chaussures sont percées. Je perds mes clés. Je ne dis rien à mon amie Geneviève. Tout doit être lisse et normal. Si je ne dis rien, c'est que tout cela n'existe pas. Personne ne doit savoir. Je vis dédoublée. Une partie de moi va à l'école, répond aux profs, l'autre partie est morte. Mes ailes cassées, repliées au-dessus de ma tête me protègent un peu du monde. Je tangue, les pieds trop lourds.

J'aurais dû aller lui parler. J'aurais dû aller m'asseoir sur le bord du lit juste à ses côtés et attendre que la douleur lui laisse un instant de paix. Il m'aurait dit la vérité, celle que personne n'a jamais osé me dire. Il m'aurait dit : « Je vais mourir, je vais mourir mais toi tu resteras, tu vivras. Je veux que ta vie soit belle. Sois forte, sois grande, sois honnête. Ne laisse personne décider pour toi. Choisis tes amours et ton destin. Etudie, découvre le monde, apprends, apprends avec passion et curiosité. Ecarte la médiocrité et les rancœurs. Galope mon petit cheval, n'aie pas peur de ta fougue. Moque-toi de ceux qu'elle étonne et contrarie. Sois toujours belle et ardente. Sois indocile. La docilité, c'est bon pour les chiens. Apprends à donner mais aussi à recevoir. Apprends à écouter mais fais aussi entendre ta voix. Et surtout pardonne-moi de t'avoir abandonnée.» J'aurais dû aller lui parler. Mais je ne l'ai pas fait. J'avais trop peur de cet inconnu au visage bouffi par la cortisone. Je l'ai laissé s'éteindre dans la solitude.

Lorsque les vacances de Pâques arrivent, je n'ai pas vu mon père depuis le mois de janvier. J'exige d'accompagner Maman à l'hôpital. Elle refuse. Elle pense me protéger sans doute. Mais toutes ces passerelles que je jette dans le vide sont pires que l'image bien réelle qui va s'imprimer sur ma rétine. Que me cache-t-on ? Du monstrueux, de l'inacceptable ? Devant mon insistance, elle se laisse fléchir. Mon père bénéficie d'une chambre individuelle, un luxe rare à l'époque, les grandes salles communes sont la règle. Je connais les lits métalliques alignés, l'urinal à-demi rempli d'urine, suspendu sous le lit, les sœurs à cornettes qui distribuent la tisane et les médicaments. J'ai vu mon grand-père qui soignait là une bronchite ou un ulcère variqueux. On allait le voir avec Grand-mère qui lui apportait son litre de rouge à dissimuler au fond de la table de nuit.

Papa est inerte mais conscient. La cortisone gonfle ses joues et lui donne un faux air de bonne santé. Il semble étonné de me voir.

— Elle a beaucoup insisté pour venir, s'excuse Maman.

Je ne le touche pas. Je ne l'embrasse pas. Je me cale dans l'embrasure de la fenêtre. Sa voix me parvient pour ces derniers mots : « Quand je ne serai plus là, tu devras bien travailler et prendre soin de ta Maman et de ta sœur. »

Mon héritage, ma feuille de route pour toutes mes années à venir. Mes yeux restent secs, ma gorge à peine nouée. Les paroles de mon père tombent sur moi sans m'effleurer comme une pluie de plumes blanches secouées de l'oreiller sur lequel il repose. Des plumes blanches, des flocons soulevés par le vent. Elles se posent sur mes épaules et je ne sais pas encore qu'elles vont se transformer en plomb. Je suis dans le coin de la fenêtre, lisse et tranquille. Je suis « une petite fille qui ne comprend pas très bien la situation ». Je dois jouer ce rôle. C'est tellement plus rassurant pour eux de s'imaginer cela.

Pendant les vacances de Pâques, Maman confie Danièle à sa sœur Denise. Moi, je suis chez ma tante Gilberte. La famille vit au treizième étage d'une tour, dans la banlieue est de Lyon. Il y a là, en plus de mes trois cousins, plusieurs jeunes enfants que Tatan Gilberte garde à la journée. Le désordre et le bruit abrutissent mes journées. L'ennui me ronge le cerveau. Je me raconte des histoires insensées : « mon père est parti en voyage avec une femme, ma mère l'a chassé, il ne s'inquiète pas de nous, ne voit que sa nouvelle vie ». Je tends un écran opaque entre la réalité impossible à regarder en face et des fantasmes complètement insanes mais qui ont le mérite d'obscurcir cette réalité. J'ai douze ans et je perds la raison, tranquillement, au milieu de la meute des autres enfants, sans que personne ne s'en aperçoive.

Le 15 avril dans la matinée, ma marraine sonne à la porte. Gilberte ouvre. Les deux femmes n'échangent qu'un mot :

— Maurice ?

Ma marraine fait un signe de tête. Voilà, tout est dit.

Je vais m'asseoir par terre, contre le mur, près de la machine à coudre. Elle s'approche de moi :

— Tu as compris, n'est-ce pas ?

Je fais un petit signe de tête, moi aussi, mais j'ai envie de hurler, de dire non, je n'ai rien compris, dîtes-le moi, articulez ces quatre mots : « Ton père est mort » au lieu de laisser ma pauvre cervelle inventer des fables malsaines. Je voudrais que quelqu'un me prenne dans ses bras et, qu'à ce contact, mon corps fonde. Je voudrais pleurer, pleurer. Mais une statue ne pleure pas. Elle est juste prête à se briser en explosant, trop remplie d'eau, gargouille à tête monstrueuse, sinistre gorgone à trogne de pierre.

Ma mère arrive. Ses sœurs s'empressent autour d'elle. Elle est blanche comme une morte, muette comme une morte.

Je pensais que le temps allait s'arrêter, que tout serait figé, inerte, frappé d'un sortilège qui nous écarterait des rites quotidiens. On ne mangerait plus, on ne parlerait plus, on dormirait peut-être, pour être au plus près de ce que je sais de la mort. Mais je découvre que la mort n'est pas quelque chose de silencieux et d'immobile. C'est un remue-ménage qui dure plusieurs jours avant de s'éteindre et de prendre son vrai goût amer.

La mort a l'odeur des bassines de teinture qui chauffent sur la cuisinière. Les femmes plongent les pulls et les jupes dans la mixture fumante. Elles en ressortent des vêtements méconnaissables qui laissent au sol des auréoles violacées lorsqu'on les suspend sur l'étendage comme un cortège macabre. Grand-mère récapitule les étapes : grand deuil avec voile noir, c'est ainsi que je verrai bientôt ma mère, deuil en noir mais sans les voiles, demi-deuil en violet ou en gris. Maman tourne les pages de son carnet d'adresses. Il ne faut oublier personne. Les faire-part sont commandés. Ils seront cerclés de noir, porteront les noms de toutes les familles proches, une date, un lieu, la mention «Priez pour lui » et son âge : 48 ans. Il faut des fleurs, une magnifique couronne, aussi grande que notre amour pour lui. Il faut une cérémonie, des chants, une tombe. Ma marraine m'emmène acheter un blazer bleu-marine et une jupe neuve, un foulard de mousseline noir. Pour la première fois de ma vie, je porte des vêtements qui n'auront pas été cousus par ma mère ou ma grand-mère. La mort a l'odeur des vêtements neufs dans cette boutique où s'empresse une vendeuse, sans doute mise au courant de la raison de ces achats. Je me plie à mon nouveau statut d'orpheline. Orpheline, c'est être habillée de neuf.

Orpheline, c'est suivre les adultes dans cette chapelle de l'hôpital Edouard Herriot. Juste à côté, il y a la morgue. Le mot est écrit sur le bâtiment. Un mot que je ne connais pas mais qui fait collision, dans mon esprit avec « morve », du coulant, du verdâtre, du dégoûtant. On me propose d'aller voir mon père « une dernière fois ». Je refuse. Mon cousin fait son malin, lui qui a le courage, ou plus probablement la curiosité, d'aller voir le mort. Le mort. Mon père. Deux mots impossibles à relier. Feuille, pierre, ciseaux, au jeu du chifoumi, il y aura toujours un perdant.

De la cérémonie à la chapelle, je ne me souviens pas. C'est le petit vent aigre de ce matin d'avril qui me réveille au cimetière de la Guillotière. Une foule d'inconnus (doit-on dire des invités ?) suivent la voiture noire dans les allées bordées de dalles (doit-on dire un défilé ?) Nous marchons jusqu'à la fosse (fosse ? endroit plein d'os ?). Je vois le cercueil (recueil ? accueil ? trompe l'œil ? mauvais œil ?) Il porte une plaque, un nom, deux dates. Je dois compter. Année de la mort moins année de la naissance égale l'âge du capitaine. Je me trompe et je recommence. Je suis nulle en maths, Papa pardonne-moi. Je n'aurai plus le temps. Les cordes qui ont aidé à la descente au fond du trou remontent déjà, libérées du poids. Rien n'a tangué. Les croque-morts ont du métier. L'un d'eux prend une pelle et commence son curieux jardinage. Je dois jeter de la terre moi aussi. Elle tombe sur le bois doré. Salut Papa ! Tu ne jardineras plus. Et moi, je n'ai pas réussi à calculer ton âge. Tu resteras pour toujours mon éternellement jeune Papa.

Et me voici vieille déjà, au bord de ce trou qui sent bon la terre remuée. Je ne pleure pas.

Les voiles de Maman flottent. On m'embrasse. Qui sont ces gens que je ne connais pas et qui semblent si tristes ? Je croyais mon père tout à moi.

Le repas qui suit, chez ma Tante Gilberte, n'est pas loin de ressembler à un repas de fête. Il y a juste moins de rires et de plaisanteries. Jojo ne sort pas son accordéon. Grand-père ne chante pas la Perdriole. Les petits ne sont pas là. Ma sœur non plus. Comment a-t-elle vécu cet événement dont elle a été tenue à l'écart depuis des jours ? Peut-être parle-t-on de mon père ? Je suis sourde de toute façon. Et muette.

Nous rentrons à la maison, toutes les trois. Des lettres de condoléances arrivent dans la boîte aux lettres. Maman les lit et les range. Elles disent la surprise, le chagrin. Un homme si jeune, on ne le savait pas si malade. Et bon courage à vous et à vos deux petites filles. Bientôt, elle répondra poliment sur une carte blanche cernée de noir.

8 - Sans lui

Où est-elle allée puiser son courage, ma mère ? Les ressources de la famille dépendent dorénavant d'elle seule. La pension de l'Arsenal est bien mince. Dès la semaine qui suit, elle se met en quête d'un emploi. Pierre Court, le couturier chez qui elle a travaillé avant ma naissance, accepte de la reprendre dans son atelier. Elle anticipe les longs trajets jusqu'au centre de Lyon, les heures à assurer le soir, parfois même la nuit, pour honorer des commandes. Elle nous imagine seules dans l'appartement. Elle renonce à ce poste qui pourtant lui aurait donné le bonheur de créer. Elle travaille quelques semaines comme femme de ménage dans une entreprise. Elle rentre à dix heures du soir, abrutie, épuisée, muette. Puis la voici femme de service à l'école maternelle, voisine de l'école de Danièle. Elle s'en va, de noir vêtue, faire le ménage avant l'arrivée des petits puis passe la journée avec eux pour seconder les maîtresses et recommence le ménage le soir. Lui a-t-il été doux de partager le babil des enfants ? A-t-elle oublié son chagrin un seul instant avec les petits accrochés à ses jupes, les nez à moucher et les goûters à distribuer ? Elle rentre pâle et fatiguée. Nous ne parlons pas, ou si peu. Le matin, elle est déjà partie lorsque nous nous préparons pour l'école. Nous trouvons une bouteille thermo pleine de lait chaud sur la table et nos tartines déjà prêtes. Il est interdit de toucher au gaz et aux couteaux. Interdit d'ouvrir la porte si quelqu'un sonne. Un code de sonnerie précis est décidé entre les membres de la famille pour que nous reconnaissions leur présence derrière notre porte. Nous devons cependant vérifier leur identité en regardant à travers le « judas ».

Danièle attend l'heure de l'école, au premier, chez son amie Brigitte. Moi, je m'en vais prendre mon bus. Je porte obstinément un foulard de mousseline noire et un short sous ma jupe plissée. Me cacher, me fondre dans le gris des rues, me taire, disparaitre. Le bourdonnement de la vie ne me parvient plus à travers le coton des jours où personne ne m'attend. Il est parti celui pour qui je devais grandir. A quoi bon, alors ? Je rentre pour ma sœur, je rentre pour ma mère. Lorsqu'elle prépare un chèque, je dois vérifier le chiffre, compter les zéros, le comparer à la somme écrite en lettres. Je dois relire ses courriers, corriger ses fautes, classer la paperasse. Et il en tombe de tous côtés. Si je veux conserver ma bourse d'études, il faut fournir la notice de renseignements et joindre les pièces demandées concernant la situation de fortune. A la date précise, faute de quoi « la famille sera réputée avoir renoncé à la bourse ». Les pièces demandées ? Misère ! Où les trouver ? La situation de fortune ? Elle avoisine le zéro. Renoncer. Oui, ce serait simple. Se laisser couler, dormir comme des mortes toutes les trois. C'est peut-être la colère qui me tient droite et vivante. Je suis en colère contre lui qui m'a abandonnée et contre elles que je ne peux pas abandonner. Je ne pleure toujours pas.

Je me fâche lorsqu' elle dérègle tous les réveils de la maison. Sa hantise, avec celles du gaz, des couteaux et des intrus, est d'arriver en retard au travail. Elle décale les aiguilles de cinq, puis de dix minutes. Il faut se livrer à des calculs savants pour avoir l'heure exacte. J'ai douze ans et je deviens acariâtre, autoritaire. Il faut que cette maison marche coûte que coûte. Je vois bien que si je ne fais rien nous allons sombrer. Je houspille et je râle. Je décide. J'ai douze ans et je décide. Un dimanche, je mets tout le monde dehors. Il fait beau. Nous partons, à pied, de chez nous jusqu'à la rue Honoré de Balzac à Vénissieux, trois bons kilomètres. Les rues sont désertes et étouffantes mais nous marchons d'un bon pas, portées par l'espoir de trouver un peu de présence et de réconfort. Là-bas, nous trouverons au moins l'une des deux sœurs de Maman. Gilberte, au treizième étage de la tour, et ma marraine Monique dans l'immeuble voisin. Nous sonnons au treizième. Personne. Nous sonnons chez ma marraine. Personne. Qu'à cela ne tienne. Il reste Taty Denise, à Bron Parilly. Nous prenons un bus. A Bron-Parilly, personne. Nous rentrons à la maison, plus orphelines que jamais. Nous sommes infréquentables, trop tristes, contagieuses peut-être de cette tristesse. Que faisaient-elles toutes les trois par ce beau dimanche ?

Certains soirs, en rentrant de l'école, je descends du bus devant le cimetière de la Guillotière. Je m'engage au hasard dans les allées. Je tourne en rond, j'essaie de me repérer. Je me perds de longues minutes. Voilà, je le trouve. Mémé Minou est avec lui. Je rentre à la maison. Plus seule que jamais.

Je passe du temps à la fenêtre de ma chambre à observer les grues et les camions. Le lycée Lumière sort de terre. Je regarde la page des grands peintres sur mon Larousse. Je me fais un sandwich sucre-chocolat puis un autre. Je fais un tour à la salle de bains pour me regarder dans la glace. Mes cheveux ont poussé depuis un an. La permanente de ma communion leur a laissé un petit ressort au bout de chaque mèche. Mes seins ont poussé aussi.

Le silence est visqueux. L'espace autour de moi est comme un liquide oppressant. Je le respire et il emplit mes poumons et mon cerveau de son épaisseur. Pas de musique, personne à qui parler, pas de livre où me réfugier et cette colère incontrôlable qui monte contre mon père qui m'a abandonnée. Une colère comme une glissade sans fin, un vertige en spirale, un désarroi de chute. Une haine pour la vie qu'il me laisse. Et toujours pas une larme. Je suis maudite de ressentir toute cette colère contre lui, moi qui l'avait tant aimé. Je suis clouée d'injustice de cet amour sans objet, coupable de ne pas avoir su le sauver et, maintenant, coupable de le détester, mes grands bras battant le vide. Coupable, seule et bientôt caparaçonnée par toutes ces couches de colère et de solitude. Je prends mon journal et j'écris :

Tu es le premier qui m'ait fait de la peine. Comme je te déteste de m'avoir abandonnée. Tu m'as laissée tomber sans un mot de secours, sans une explication, sans une gentillesse. En douce... Si tu avais pu te cacher davantage ou faire plus vite, tu l'aurais fait sans doute. Parti sans laisser d'adresse. Je suis obligée de courir les prés pour rechercher ta trace, pour flairer les odeurs que tu as aimées, pour caresser l'écorce des arbres que tu as connus tout petits. Je suis obligée de te deviner à travers les souvenirs épars des gens qui t'ont connu. Et j'use ma mémoire à ne rien oublier des moments que nous avons eu ensemble. Mon amour bat la campagne comme un chien affolé qui confond toutes les pistes et ne peut se résoudre à en choisir une. Et je m'écorche au moindre mot qui t'égratigne.

Oh ! Je sais, tu n'étais pas si beau, ni aussi grand, ni aussi savant mais tu étais mon dieu, mon héros et mon seul point de repère, celui que j'attendais chaque soir, celui pour qui j'aurais plongé dans des ruisseaux glacés, celui qui m'aurait fait apprendre par cœur le dictionnaire, celui pour qui j'existais. Tu étais mon premier et mon seul amour. Tu étais mon père et j'avais douze ans.

Un jour, je pleure enfin. Comme une digue qui se rompt. Des cataractes de larmes sortent de mes yeux et se renouvellent sans fin, s'alimentent de leur propre flux. Mon visage est trempé. C'est devant un film, dans l'obscurité de la salle, lors d'une projection organisée par l'aumônier. Je déverse mon chagrin en silence. Personne ne doit savoir. Le film raconte l'histoire de « Monsieur Vincent », le saint homme qui recueille les enfants perdus.

Nous passons sans doute l'été à Cour. Ma mémoire a refusé d'engranger ces jours où plus rien ne ressemblait à rien.

Cette année, je ne recevrai pas la carte d'anniversaire de mon père. J'en ai retrouvé trois que je relis les larmes aux yeux. Elles ne sont pas datées. Des fleurs, un oiseau, deux enfants dans un jardin et au dos :

Ma petite fille, meilleurs vœux de bonheur pour ton anniversaire. Ton Papa. Et gros mimis à toutes les trois. A samedi. Maurice.

Ma chère petite fille

Ton Papa te souhaite un très heureux anniversaire. Je t'envoie de gros baisers et tous mes vœux. Ton Papa.

Ma petite fille.

Je te souhaite ma chérie mes meilleurs vœux pour le présent et le futur et je t'envoie mes meilleurs baisers. Ton Papa.

Savait-il déjà ? Pourquoi prend-il la précaution de m'envoyer des vœux « pour le présent et le futur » ?

J'ai treize ans. Je rentre en quatrième dans les locaux du « grand lycée ». Les classes sont vastes et lumineuses. J'y découvre l'amitié. J'ai renoncé à mon foulard noir. Un peu moins sinistre, je me lie d'amitié avec Denise, avec Jacqueline. Nous formons bientôt une petite bande espiègle, prompte à critiquer les profs et à échanger les devoirs. Le jeudi ou le samedi nous courons les unes chez les autres, nous allons faire un tour « en ville ». Je me laisse contaminer par leur bonne humeur.

Un soir, un ange sonne à notre porte. Madame Roche ! Solide, comme son nom l'indique, elle est présidente de l'Association des Veuves du 8ème arrondissement. Veuve elle-même mais joyeuse ! Elle pépie et s'active, s'installe à la table de la salle à manger, sort un dossier, pose des questions, organise notre vie comme si nous n'étions pas en plein cauchemar. L'ange nous prend sous son aile. D'un jour à l'autre, Maman se trouve promue employée de bureau à l'Air Liquide. L'entreprise est à cinq minutes à pied de chez nous. Elle s'y sentira bien, nouera des amitiés, apprendra la dactylographie et, plus tard, la comptabilité. Elle mettra ses compétences de couturière au service de ses collègues : un ourlet à reprendre, une taille à resserrer et même une robe de mariée qui lui donnera bien des soucis. La vie roule comme elle peut. Nos bêtises et nos révoltes sont sanctionnées de « si Papa voyait ça ! » et de « Papa n'aurait jamais voulu que... » Papa ne peut pas avoir tort. Maman si.

Je réclame à corps et à cris mon inscription au cours de danse du quartier et je finis par l'obtenir. Je découvre le bonheur d'avoir un corps vivant. La musique me transporte. Les sauts, les arabesques, les déboulés et les entrechats me soulèvent en apesanteur et me font oublier la lourdeur des pieds collés au sol par le chagrin. Je danse pour m'envoler au ciel là-haut où, paraît-il, s'est envolé mon père. Je lui en veux encore et je me trouve toujours laide de lui en vouloir.

Le soir, Danièle est souvent au premier, chez sa copine Brigitte. Je suis seule. Maman ne va pas tarder. Lorsque la nuit tombe, je vais faire des appels de lumière à Grand-père, clic-clac, clic-clac, clic-clac. Il me répond aussitôt de l'autre bout de la nuit. Et si j'essayais de trouver le moyen que mon père réponde de son lointain exil ?

Petit à petit, nous réussissons à trouver une routine qui nous tient lieu d'équilibre. Bureau pour Maman, école pour nous, les jeudis avec Grand-mère, le cinéma les dimanches d'hiver, à Pierre-Bénite chez Tatan Marie, les cerises dans son jardin, l'été. Tatan Léa, la sœur de Grand-père, paye notre loyer. Tatan Marie nous gâte. Un jour, elle nous envoie une lettre :

Pierre-Bénite 10 janvier 61

Chère Simone, j'allais t'écrire pour te donner rendez-vous Place du Pont pour acheter un cadeau aux petites mais ne sois pas surprise de me voir arriver, samedi, avec un représentant d'aspirateur qui viendra te faire une démonstration. J'espère que nous aurons le temps d'aller en ville après. Si j'avais pu trouver ce qui leur aurait fait plaisir, j'aurais acheté ici mais je ne sais vraiment pas quoi. Surtout ne sachant pas ce qu'elles ont reçu, ça risquerait de faire double-emploi.

Alors, à samedi vers les deux heures je pense. Je vous embrasse toutes les trois.

Il restait deux jours à maman pour traquer la moindre poussière sous les lits et derrière les meubles. Il ne serait pas dit qu'on la surprenne en défaut de ménage ! Elle a épousseté, briqué, secoué tout l'appartement avant que l'aspirateur n'arrive. Le représentant a cependant su se monter persuasif. L'aspirateur est resté, payé par Tatan bien sûr. Un Tornado surpuissant qui faisait un bruit d'enfer. Avantage appréciable, en plus de savoir aspirer, il savait souffler. Après le shampooing, nous enroulions nos mèches sur de gros rouleaux tenus par des épingles en plastique puis nous posions sur notre tête un sac rose relié à l'aspirateur par un tuyau souple. L'aspirateur, en position soufflerie, nous envoyait l'air chaud qui gonflait le sac rose le temps qu'il fallait. Nous n'avions plus qu'à ôter les rouleaux pour pouvoir exhiber nos belles boucles !

Tatan nous a aussi offert un frigo dodu et un poste de radio tout neuf. Le vieil appareil en bakélite noire avait décidément rendu l'âme. Le jour où le nouveau poste est arrivé, j'ai quitté l'école avant la fin des cours pour ne pas rater l'émission « Salut les Copains » !

En juillet, l'Action Sociale des Forces Armées nous propose un séjour en colonie. Maman se penche sur la liste du trousseau et remplit deux valises de lainages, de jupes chaudes, de bonnets, d'écharpes, d'imperméables, de bottes et même de notre manteau d'hiver. C'est que nous partons au Mont-Perché, à 983m d'altitude, autant dire 1000. Il y a là-haut un vieux fort qui appartient à l'Etat et qui, semble t-il, a été aménagé pour recevoir les enfants de militaires. Notre statut d'orphelines d'un ouvrier de l'Arsenal nous ouvre l'accès à la colonie du Mont Perché.

Après les accords d'Evian, le fort a été transformé en maison de détention pour les détenus du bagne de Tinfouchy, au Sahara algérien. Ces hommes du rang qui « par des fautes réitérées contre le devoir militaire ou leur mauvaise conduite persistante compromettent la discipline et sont une menace pour la valeur morale des autres personnes ». Les détenus ont subi des mauvais traitements. Il y a eu des suicides dont la presse s'est fait l'écho. La prison a fermé ses portes et les a rouvertes pour nous !

J'ai effectivement l'impression d'arriver en prison dans ces bâtiments souterrains suintants d'humidité. Les dortoirs sont des sortes de tunnel au toit couvert d'herbe. La porte est la seule ouverture qui permet à la lumière d'entrer. A chaque bout, se trouvent deux cabines fermées par des rideaux pour les monitrices. Des lits métalliques s'alignent de chaque côté. Nous avons une table de nuit pour deux et pas grand-chose à ranger dedans puisque, dès notre arrivée, notre valise a été débarrassée de son contenu. Toutes nos affaires personnelles, soigneusement repassées et portant les étiquettes brodées à notre nom, cousues soir après soir par Maman, nous sont confisquées. Nous attendons, en petite culotte, la distribution des shorts, dix ans d'âge, bleu délavé, sauf pour les rapiéçages récents d'un bleu-vif, et chemisettes écossaises, rapiécées également. La troupe équipée est croquignolette : de grosses filles coincées dans de petits shorts et de grandes bringues avec deux jupettes autour de leurs jambes de héron. La petite culotte doit faire la semaine et la douche, collective, est hebdomadaire elle aussi. Vive l'armée française ! Et nous sommes invitées à chanter en chœur « Mont-Perché, Mont-Joie, colonie de Savoie ».

Je raconte tout ça à maman. Je détaille le menu des repas où l'on nous sert « au compte-gouttes ». Je raconte que Danièle jette son lait par terre tous les matins. Les monitrices viennent me chercher et me demandent de la raisonner. Mais que dire à cette pauvre enfant pour lui faire apprécier l'immonde lait brûlé qui surchauffe tous les matins dans la même énorme marmite en aluminium ? Un jour, les petites cuisinières bretonnes ont dû laver les steaks au vinaigre pour leur redonner un semblant de fraîcheur. Leur goût était si étrange qu'elles ont dû avouer la recette. Nous avons échappé à l'intoxication générale en ne mangeant que les pâtes collantes.

Mont-Perché 14 juillet 61

Maman chérie,

Nous ne sommes pas le 14 juillet pour rien. Aujourd'hui, c'est la Révolution ! Tout le monde crie famine. Heureusement que tu m'as envoyé un colis. On fait des festins pendant la sieste et le soir avant de dormir. J'ai tout partagé avec Danièle que je ne vois pas souvent (quelquefois en sortant du réfectoire). Donne-moi la date de la visite des parents. Personne n'est d'accord ici. Si tu nous écris, tu pourras mettre un seul prénom sur l'enveloppe ? Parce que les deux créent des complications. Le directeur ne sait pas à quelle cheftaine donner la lettre.

Nous avons eu deux jours de pluie mais nous nous baladons tout de même sous la pluie.

Je t'embrasse mille et mille fois ma petite Mamine chérie. Ta petite Mychèle.

Mon Y est né ! Que de questions sur cette originalité ! Petite psychanalyse bon marché : faut-il y voir un désir de rupture, une page tournée après la mort de mon père, le signe que j'avais décidé d'être quelqu'un d'autre, de prendre ma vie en mains. Je revendiquais ma liberté, mes choix. Je voulais sans doute aussi échapper au troupeau des dizaines de Michèle ou Michelle que j'avais croisées partout.

Je vais bientôt exercer ce désir de liberté et d'indépendance. Les marches répétées dans les sentiers de montagne (ou mes mauvaises chaussures) m'ont meurtri méchamment l'ongle du gros orteil. Je souffre. Or, il se prépare une grande expédition dans les alpages, avec une nuit sous la tente. Plus le jour approche, plus l'expédition me semble impossible. L'angoisse de partir enfle, prend des proportions exagérées. Je m'imagine incapable d'avancer, perdue dans un désert rocheux, sous le soleil implacable. Le matin du départ, je déclare à ma monitrice « qu'elle peut toujours courir, que je n'irai pas ». Intraitable résistante. L'audace en personne !

Je me retrouve illico dans le bureau du directeur, un gradé planqué là pendant l'été, pas plus mal avec une centaine de mioches que dans une caserne. Il conduit l'interrogatoire qui consiste en une seule question : « répète ce que tu as dit à ta monitrice ». Comme j'ai une bonne capacité de résistance et que la torture n'est que de se tenir debout, loin du mur, sans bouger, je reste muette le temps qu'il faut pour que mon régiment parte sans moi. Et je réussis même à me faire soigner le pied. J'aurais pu commencer par ça mais, allez savoir, je sentais sans doute qu'à l'armée on ne se fait pas porter pâle pour si peu ! Je minore l'incident dans ma lettre :

Ma chère Maman,

Nous sommes allés camper au Mont Sapey. Le paysage est vraiment magnifique. Il y a un torrent très impressionnant à côté du camp et nous sommes entourés de montagnes. On voit la Meije. Le camp s'est bien passé malgré les petits ennuis que j'ai eus avec l'ongle de mon orteil. En effet, j'ai dû partir avec le « tub Citroën » car 15km à pied n'auraient pas arrangé les choses. L'infirmière ne peut pas me soigner car elle n'a pas les instruments nécessaires pour cela. Elle m'a conseillé d'aller chez un pédicure aussitôt rentrée à Lyon car ça pourrait devenir plus grave.

Nous avons couché à 6 dans des tentes de 3 ce qui ne nous a pas empêchées de dormir du plus profond sommeil. Notre popote était un peu et même beaucoup brûlée car nous l'avons fait cuire sur un feu de camp. Je me suis malgré tout bien amusée.

Je t'envoie une carte du Mont Sapey où on voit le torrent.

Ta petite Mychèle t'embrasse de tout son cœur.

Dans la tente, j'avais la place du bord, côté pente. Je me suis endormie, entortillée dans la couverture rêche et je me suis réveillée, au frais, couchée dans l'herbe. Le spectacle des étoiles dans le ciel de juillet était magnifique.

J'ai vu une plage de galets lumineux, jetés là-haut, suspendus. La certitude de reposer au fond du gouffre, en-dessous du vrai chemin, m'a saisie. Je flottais entre deux ténèbres. Vis-à-vis, face à face, vice-versa, culbutée, la glorieuse réalité en l'air et le mensonge sur terre. Je me laissai aspirer. Je volais, je volais enfin, le corps immatériel, flambant, radieux. Encore quelques roulis d'épaule, encore quelques battements d'ailes et je le retrouverais. Nous allions pouvoir vivre là-haut, jouer à saute-moutons d'une étoile à l'autre, à chat-perché sur la grande Ourse, aux petits chevaux avec les gens d'en bas. Je lui cueillerai un bouquet de comètes et nous irons prendre un bain dans la voie lactée. On dit que c'est bon pour le teint. Et je danserai, funambule aux cheveux déliés.

Ta belle vie perdue. La mienne à vivre, un pied dans les rêves. J'ai rentré mon museau sous la tente et je me suis rendormie jusqu'au matin.

La visite des parents eut lieu le dimanche suivant. La plupart des filles venaient de la région parisienne ou du nord de la France. Elles ne recevraient pas de visite. On aurait pu partager.

Un peu avant midi, et juste pour nous, débarquèrent trois oncles, trois tantes, trois cousins, trois cousines, nos grands-parents et Maman qui étrennait une robe à pois, soyeuse, d'un mauve très doux. La quatre-chevaux de Jojo, la deux-chevaux de José et la grosse traction- avant noire de Georges venaient de gravir les huit kilomètres de chemin de terre. La traction, souveraine loco, brillait en tête du cortège. Les voitures s'arrêtèrent dans la cour du fort. Les portières s'ouvrirent. Quinze personnes en sortirent ! Chargées des paniers de pique-nique, des bouteilles, des boules et des ballons, des indispensables lainages et des chapeaux de soleil. Ils fondirent sur nous. Ce fut un beau charivari, des embrassades à n'en plus finir, des cris et des rires. Douce revanche sur nos semaines de souffrance, notre tribu venait à la rescousse. Seule Maman restait immobile, ses bras inertes impossibles à soulever pour nous serrer contre elle. Maigre, triste, elle flottait dans sa jolie robe et ouvrait des yeux vides sur ses deux petites filles méconnaissables.

Nous avons fait visiter notre palace, le Mont-Perché, les dortoirs souterrains, le salpêtre sur les murs ruisselants, la puanteur des toilettes désinfectées à grands seaux de grésil. La joie fit place à l'étonnement. On nous regarda mieux dans nos costumes hors d'usage. On nous trouva mauvaise mine. Il fallait nous nourrir ! Vite ! De l'air, du soleil, un pré, la quiche et le poulet, les chips et le fromage, les quatre desserts : la tarte de Grand-mère, le quatre-quarts de Denise, le clafoutis de Monique, les petits choux de Gilberte. Il y eut du vin et de la limonade, des thermos de café, une grande nappe pour installer tout ça dans l'herbe, des couvertures pour s'asseoir à l'aise, la musique du transistor de Jojo. Une sieste pour qui voulait. Les petits couraient en criant. Grand-père s'était assoupi, calé contre un arbre. Des conversations s'allumaient pour s'éteindre aussitôt. Mon regard allait, puissant à percer les semblants de cette vie que chacun tentait de maquiller aux couleurs de la joie.

Qui a eu l'idée de proposer une partie de volley dans ce pré en pente ? Les hommes ont tendu une corde entre deux arbres, en guise de filet. On constitua les équipes. On sortit un ballon. Tout le monde criait et sautait comme si tout le monde était heureux. Maman sautait aussi, comme elle pouvait, tentait de petits cris, jouait la joie de vivre pour ne pas décevoir la famille et pour y croire un peu. Ses jambes en brindille dans les sandales. Sa jupe légère qui bouge. Ses bras qui montent pour toucher le ballon. Le soleil sur son visage. L'herbe glissante. Les irrégularités du sol.

Elle tombe, de la soie mauve autour d'elle, papillon épinglé au sol. Et me voici debout à ses côtés. Plus grande qu'elle, pauvre chose tombée à terre. En colère, devant la relever. Je savais bien que la légèreté nous était interdite. Nos jambes sont de plomb. Pourquoi vouloir danser ? A-t-on idée de vouloir voler ? Te voila bien maintenant, déjà pas très solide avant, et maintenant incapable de tenir sur tes pattes d'oiseau. Et me voila bien, plus vieille que jamais, ton corps contre le mien pour que tu tiennes debout. Le petit reste d'enfance que j'avais conservé venait de filer au loin, inutile, encombrant dans ma statue de guerrière.

J'étais devenue la mère de ma mère. Je n'avais pas encore quatorze ans.

Il a fallu la relever et l'installer dans une voiture. Les portières ont claqué. La fête était finie.

Le soir j'ai écrit :

Ma chère Maman, j'espère que tu es bien arrivée et que tu as fait bon voyage. Danièle s'est très vite consolée et n'a pas pleuré. Pour nous, le départ c'est le 2 août mais nous ne saurons l'heure exacte que samedi. Je te récrirai donc. Ta petite Mychèle t'embrasse de tout son cœur.

Deux jours plus tard, j'ai appris que Maman ne serait pas là lors de notre retour. Un court séjour à l'hôpital, des radios, une vilaine entorse et surtout son état de faiblesse générale, elle part en maison de repos. L'histoire bégaie. Elle s'en va à Aubenas, à la maison de repos du Clair Matin.

Ne pas pleurer, tenir, tenir, ajouter des couches à la carapace, faire briller la cuirasse à en éblouir les autres, à m'en aveugler moi-même. A en étouffer tous les bruits qui grondent à l'intérieur. Ma main écrit des mots tranquilles alors que ma tête hurle de désespoir.

Ma petite Maman chérie, ouf ! Plus que cinq jours de colonie mais jours dorés puisque je les vis avec la certitude de passer la fin des vacances avec mon cousin Gérard et toute la compagnie. J'aurais préféré les passer avec toi, petite maman chérie, mais je suis très contente.

Ne t'inquiète pas pour le départ, j'écris à Tatan Gilberte. Nous partons le mercredi 2 à 13h et nous arrivons à Lyon entre 5 et

6. Je te quitte vite ma petite Maman chérie pour écrire à Tatan Gilberte. Mille baisers de ta petite Mychèle.

PS : je t'enverrai un petit colis où tu trouveras un petit ramoneur qui te tiendra compagnie mais chut ! Je te réserve la surprise. Ecris-moi vite, il me tarde de savoir comment se passe ta vie là-bas.

Petite, petite, petit... Oui, je me sens petite devant l'immensité de la vie devant moi, devant l'ogre des responsabilités. J'ai des examens à réussir, une mère à tenir debout, une sœur à faire grandir. Qui m'aidera ?

Nous partons à Dompierre les Ormes, dans la Traction de l'oncle Georges. Le petit Gilbert est à l'avant avec Tatan Gilberte et nous sommes quatre à l'arrière. La voiture va son train de sénateur. L'oncle Georges n'aime pas conduire. Souvent une longue file se forme derrière nous. Pour passer le temps, nous multiplions les grimaces aux passagers de la voiture qui nous suit.

Le mois d'août s'étire, monotone, dans cette campagne charolaise. Les cris et les disputes sont fréquents entre les cinq enfants. Tatan Gilberte arbitre : « Battez-vous, tuez-vous mais ne vous faites pas de mal ! » Et aussi : « Pleure, tu pisseras moins ! ». J'explore le grenier avec mon cousin. Nous allons patauger à la rivière. Je m'ennuie. Mes grands-parents viennent nous voir avec José, Denise et les enfants. Dans la deux-chevaux, trois personnes à l'avant et trois à l'arrière, les enfants sur les genoux des adultes. J'apprends que Maman va rester encore un mois à Aubenas. Cet été ne finira jamais. J'écris :

Ça me fait un peu de peine mais puisque ça te fera du bien... Tatan Gilberte va s'occuper de moi pour la rentrée. J'espère que ton genou va mieux et que tu grossis à vue d'œil.

Il est question d'aller à Aubenas voir Maman. C'est le bout du monde pour l'oncle Georges qui prévoit quatre heures pour faire 200 km et ne veut pas rouler de nuit.

« *Ce ne serait donc pas la peine d'y aller pour rester un tout petit moment. Je t'envoie de gros baisers en espérant te revoir bien vite, ma petite Mamine chérie* »

De retour à Lyon, nous sommes séparées. Ma sœur est à la garde de Taty Denise, à Bron-Parilly. Moi, je reste avec la famille de l'oncle Georges, à Vénissieux. Maman écrit :

« *Aujourd'hui une lettre de Denise. Nanou est chez elle. Elle est aux anges mais Michou a pleuré.* »

Je suis excédée par le bruit et le désordre qui règnent au treizième étage de la tour de Vénissieux. Tante Gilberte a repris ses gardes d'enfants. Il en surgit de partout. On enjambe les jouets, la cuisine n'est jamais rangée, la baignoire pleine de couches mises à tremper. En plus de ses tâches de nourrice, Gilberte fait des travaux de couture à domicile. Des piles de vêtements à assembler jonchent la table de la salle à manger. Dès qu'elle a un moment, elle s'attelle à sa machine à coudre et pédale en surveillant d'un œil la marmaille. Mon cousin Gérard passe le plus clair de son temps à jouer au foot dans le terrain vague voisin. Parfois, nous montons sur le toit terrasse de la tour où sèche le linge de tous les locataires. Vertige aux quatre points cardinaux.

J'écris :

Ma petite Maman,

J'ai bien reçu ta carte pour mon anniversaire et je te remercie beaucoup. Je l'ai mise sur ma table de nuit dans ma chambre. Je ne sais pas si je t'ai dit qu'Hélène, Gilou et Gérard sont tous les trois dans la grande chambre. Moi je suis très bien et indépendante dans la petite chambre d'Hélène que je peux garder en ordre. En ce moment, je m'occupe comme je peux : je peins (j'ai reproduit les roses de ta carte et j'ai fait un dessin sur l'Espagne), je fais de petites robes pour le poupon de Nanou, je brode mon canevas (qui avance !) et je révise un peu pour la rentrée qui approche à grands pas. Demain samedi, je vais acheter mes livres avec ma marraine. Je vais prendre tout ce que je peux en occasion et le reste chez Flammarion. C'est Tatan Gilberte qui va payer mes livres et me fournitures. J'ai toujours peur de me montrer trop exigeante avec elle.

J'ai repassé ton pyjama neuf. Je vais le donner à Grand-mère pour qu'elle te l'apporte quand elle ira te voir. Demain, je vais aller voir Nanou.

Il me tarde de te revoir. Il me tarde qu'on se retrouve toutes les trois ensemble, dans notre petite maison, bien chez nous. Hier dimanche, Tonton a dormi jusqu'à 5 heures. Je me suis un peu ennuyée. J'espère que toi tu ne t'ennuies pas et que tu grossis à vue d'œil. Reviens bien vite.

Je t'envoie de gros baisers en espérant te revoir bien vite ma petite Mamine chérie. Ta petite Mychèle.

Je glisse ma lettre dans l'enveloppe. Je note soigneusement l'adresse, je colle un timbre et au dos de l'enveloppe, de part et d'autre de la pointe du rabat, j'écris les lettres FPMB. C'est un tendre code qui signifie « Fermé par mille baisers » et qui doit réjouir le destinataire des lettres avant même qu'il ouvre l'enveloppe. Petite mère, je t'envoie mille baisers, moi qui t'en donne si peu de bien chauds et bien sonores.

Je trotte toute seule dans les rues, je prends des bus d'une banlieue à l'autre pour aller voir ma sœur. Elle semble s'accommoder mieux que moi de la situation et cela me rassure. Je vais acheter mes livres à Lyon. Et j'écris pour raconter ma rentrée, mon emploi du temps, mes profs : *« notre excellente Madame Courbin en histoire, la prof d'Anglais qui a l'air un peu endormie et la prof de Sciences qui ressemble à une sorcière avec un nez crochu et des cheveux ébouriffés à faire peur ».*

Je suis heureuse de retrouver un cadre, des horaires et mes amies *« en particulier Denise. Nous avons plus parlé des vacances passées que de l'année à venir »*

Ma sœur vit désormais chez nos grands-parents. Elle doit faire sa rentrée au CE2 de l'école du boulevard des Etats-Unis, près de chez nous et pas très loin de chez eux. Ma grand-mère écrit des lettres presque quotidiennes à ma mère, durant ces deux mois. Je vois, à travers elles, ce que je n'ai pas vu à l'époque. Les ratures, l'écriture heurtée, les redites, les incohérences, les phrases mal construites, les fautes, l'absence de formule affectueuse et de signature, tout indique que la santé mentale de ma grand-mère est en train de se dégrader. Bientôt, Mamé se perdra dans les rues et ne saura plus tenir sa maison.

Pour l'heure, elle ne cesse de répéter :

« Ne te fais pas de soucis pour tes petites, on les soignera bien. Michèle et Danièle coucheront chez moi. On les gâtera bien. Si tu as besoin de quelque chose, dis-le moi, ne te prive pas. Ta Maman sera toujours là pour te donner si tu as besoin de quelque chose. Ne te fais pas de soucis. Ta Maman pense à toi à chaque instant. Dis-moi s'il te manque quelque chose. Nous allons aller te voir. Papa est content et moi aussi. Je ne veux pas que tu manges toute seule à ton hôpital. On sera bien tous les trois au restaurant. »

« J'ai été contente de te voir mais une demi-journée c'est si peu. Michèle voulait venir mais je lui ai dit que le voyage serait trop couteux. Nous, on ne paye pas le train mais les deux petites cela leur ferait bien cher. Et ton séjour se termine bientôt. Je suis allée au cimetière et j'ai mis des fleurs à Maurice. Tu me dis que tu as trouvé de l'argent dans ton placard. C'est Maman et Papa. Je ne veux pas que tu te prives. Et si tu n'en a plus dis-le nous. Papa a donné 200 francs à Danièle et moi, je l'ai bien câlinée. Pour les repas, Michèle et Danièle viendront. Ne dérange pas Madame Cambet. »

« Ne te fais pas de soucis pour l'école. Danièle sera bien soignée. Papa ira la chercher pendant que je ferai le repas et après nous irons à l'école. C'est tout simple. Cela nous promènera. Cela nous distrait bien. Ne te fais pas du mauvais-sang. Elle se porte bien. As-tu encore repris du poids ? Soigne-toi bien aussi. Fais-moi une grande lettre. Je te mets le baiser que Danièle m'a donné il y a quelques jours. »

Les baisers devaient être rares ! Danièle déteste voir cette grand-mère mal coiffée qui l'attend à la porte de l'école parmi les jeunes mamans de ses copines. Dès 15h, elle l'aperçoit qui attend, assise sur un banc. Comment la faire disparaître ? « Si j'étais magicienne je lui jetterais un sort, je la transformerais en grenouille, à sa place je verrais apparaitre ma Maman si belle. »

Elle déteste avoir à marcher quatre fois par jour à sa suite. La vieille femme radote tout le long du chemin :

— Ah ! Tu n'es pas encore au bout du rouleau.

Quel est donc ce rouleau qui n'a pas de fin ? A table, lorsqu'elle renâcle devant les plats, Grand-mère la menace de « l'enfermer huit jours sous une benne ». Quelle est donc cette benne où elle risque d'être enfermée huit jours ? Elle déteste dormir dans le grand lit de la grande chambre. Elle déteste la maîtresse qui lui attache les cheveux tous les matins lorsqu'elle arrive ébouriffée en classe. Elle s'étourdit de bavardages et se fait punir quotidiennement. Elle rassemble de menus objets qu'elle enveloppe de papier : des cadeaux pour Maman.

Qui se soucie de nous ?

Au Puy, à Sassac, tout le monde a été bouleversé par la mort de Maurice.

« *On ne le savait pas si malade, il ne nous a rien dit. Quelle tristesse ! Nous pensons bien à vous* » a écrit Alphonse.

Lorsque, Aline apprend l'accident de Maman, elle écrit :

Bien chère nièce,

Le malheur s'acharne sur quelques uns. Ayez beaucoup de courage. Le Bon Dieu ne vous abandonne pas. Ma pauvre Simone, je vous comprends d'autant plus que je considérai Mau comme mon fils.

Je l'avais gardé si longtemps que je ne faisais pas de différence avec les miens. Ma pauvre petite, il vous faut réagir. Vous ne pouvez pas vivre avec un mort. Vous avez vos filles. Elles ont besoin de vous. Elles sont pleines de vie et bien mignonnes. Pour elles, ayez un peu de courage. Michèle va sur ses quatorze ans. Apprenez-leur à faire un peu de ménage selon leurs aptitudes. Elles sont restées sans leur maman. Cela les a sans doute rendues dociles. Elles ne sont pas au berceau. Si vous pensez qu'elles s'inquiètent ! A cet âge, pourvu qu'on s'amuse... Vous avez vos parents. Un jour de cafard, allez y passer un moment.

Restez le plus possible dans votre maison de repos. Quelqu'un s'occupera bien des petites. Vous reprendrez votre travail avec plus d'entrain. En juillet, j'étais à Sassac pour faire les repas pendant la fenaison. J'étais fatiguée. J'ai eu comme une attaque. Pendant quelques jours, j'avais le cerveau paralysé. Mon nez a saigné et cela m'a soulagée. Depuis, j'ai la mémoire un peu barbouillée.

Bon courage ma pauvre Simone et surtout ayez de la volonté. Cela aide à surmonter. Le Bon Dieu ne vous abandonnera pas. Ayez confiance. Je vais monter prier la Vierge du Puy pour vous.

Nous vous embrassons, Francine et moi, ainsi que vos petites filles.

Aline.

Comme la plupart des gens qui nous entourent, Aline est pleine de compassion pour ma mère. Les regards éplorés sont pour elle et non pour nous. Est-il donc plus triste de perdre un mari plutôt qu'un père ? Le rôle qu'on nous assigne est, au mieux, celui de la distraire, de la soutenir, ou de lui servir de tuteurs qui l'obligeront à se tenir debout. Nous devons « être sages », l'aider dans ses tâches, ne pas faire de vagues. Au pire, c'est le rôle de l'indifférence : « Elles sont trop petites, elles ne comprennent pas très bien, elles ne pensent qu'à s'amuser ». Qui verra l'effondrement total de ma vie ? Je le ressens, là, entre ma gorge et mon ventre. Un trou béant sur lequel je pourrais me replier et me perdre. Et pour lutter contre cet enfouissement, on me demande « d'être grande ». Je dois élargir mes épaules, oublier que j'ai eu une vie insouciante et prendre sur mon dos ma mère et son lourd chagrin, le seul légitime. Le mien n'étant qu'improbable, je dois le garder invisible. Et jouer à croire en la vie.

A Aubenas, Maman reçoit de nombreuses lettres affectueuses de ses récentes collègues.

Bien chère Madame,

Votre jolie carte nous a fait plaisir à toutes et je vous en remercie particulièrement. Puisque vous êtes bien à Aubenas, restez-y tout le temps nécessaire à votre guérison complète, genou compris. J'espère que votre état général est meilleur et que vos joues reprennent des couleurs. Nos avons reçu une gentille carte de vos filles. Remerciez-les pour nous. Elles sont avec vos sœurs donc pas d'inquiétude à leur sujet.

Allons, chère Madame, laissez-vous dorloter pendant que vous le pouvez et laissez les soucis de côté pour ne penser qu'à améliorer votre santé et à nous revenir en forme. N'appréhendez pas votre retour. Tout se passera bien. Vos collègues vous diront où en est votre travail et vous aideront si vous en avez besoin. N'ayez pas le cafard. Vous perdriez les kilos que vous avez repris et il ne faut pas. Tout au contraire, continuez à grossir.

Tout le bureau vous envoie ses amitiés. Je vous embrasse affectueusement. Germaine.

Maman répond à toutes les lettres. « Un vrai courrier de ministre », s'amusent ses compagnes.

Chers parents,

Il fait bien beau ici. J'espère qu'à Lyon c'est pareil et que vous avez pu aller vous promener. Ici, tout le monde m'a pris en amitié, comme au bureau. L'infirmière m'appelle « Bébé-chou ». Je compte sur vous pour l'école, surtout pour Nanou. Michèle est plus grande. Elle se débrouille. Ne laissez pas Nanou à l'étude, elle y restera assez quand je rentrerai. J'espère qu'elle est sage. Et l'école ? Dans quelle classe est-elle ? J'attends une lettre d'elle avec impatience.

Je devais partir d'ici ce samedi dans la journée mais avec la venue du Général de Gaulle, je suis obligée de renvoyer mon départ au dimanche 24 septembre. J'arriverai à 11h30 à Perrache. Si l'un de mes beaux-frères pouvait venir me chercher, ça m'arrangerait bien. Sinon je me débrouillerai. Ma chef m'a dit de reprendre le travail le 25 septembre. Je n'aurai pas beaucoup de temps pour ranger ma maison.

Maman est arrivée à l'heure dite à Perrache ce 24 septembre. Je suis allée l'attendre avec l'Oncle Georges. Nous ne l'avions pas vue depuis la fin juillet. A Vénissieux, j'ai rassemblé mes vêtements et mes livres et j'ai quitté cet appartement détesté avec un tonitruant : *« Au plaisir de ne pas vous revoir ! »* diversement apprécié mais qui m'a bien fait plaisir !

Nanou nous rejoint à la maison. Ce mince bonheur me fait monter les larmes aux yeux.

Nous réapprenons à vivre ainsi, un jour chassant l'autre, pressées de retrouver le soir et la nuit qui nous rassemble et nous autorise à laisser pénétrer dans notre cercle, cet absent, ce géant invisible mais, ô combien, présent. Toutes les trois serrées comme trois oiseaux frileux sur une branche, les sens aiguisés à deviner les larmes, à espérer un rire, à fabriquer une vie, cahin-caha, la moins mauvaise possible.

Ma sœur a fini par obtenir son canari dans sa cage. Il chante autant qu'elle bavarde. Elle est insouciante et joyeuse.

Moi, je suis lasse d'être triste. J'ouvre les yeux sur le monde et je tente de me souvenir de la promesse de mes dix ans : « personne ne doit décider à ma place. Je veux que ma vie soit belle ». Je découvre le rayon livres du Prisunic de la Place du Pont. Un livre de poche coûte 5 francs. L'un n'attend pas l'autre, comme au fumeur la cigarette. Je lis en désordre, Gide et Mauriac, Colette et Sartre, Pierre Benoît, Hemingway et Cocteau. Je lis partout, debout dans le 23, mon cartable entre les pieds. Je lis entre les cours, pendant les cours, la nuit à la lampe de poche. Je lis tout le dimanche. Je lis à table et aux toilettes. Je me gave de mots et d'histoires. Je ne comprends pas tout. Je navigue au hasard. Je me sauve. Je suis sauvée par les livres, à l'abri d'une muraille de papier. Et j'écris.

Je surveille ma mère du coin de l'œil. Quand l'entendrai-je rire ?

CHAPITRE	PAGE
1 - Sainte Catherine	11
2 - Un enfant	39
3 - Marsanne	59
4 - Le grenier	77
5 - Les vacances	115
6 - Et le bon temps roulait	139
7 - La fin des haricots	153
8 - Sans lui	167

De la même autrice :

Cache-cache. Nouvelles (2020)
De guerre(s) lasse. Roman (2021)
Sonate en cœurs mineurs. Roman (2022)
Mai 63 .Roman (2023)

Editions BoD

Remerciements à Denise, Jeanne et Michel pour leur aide.